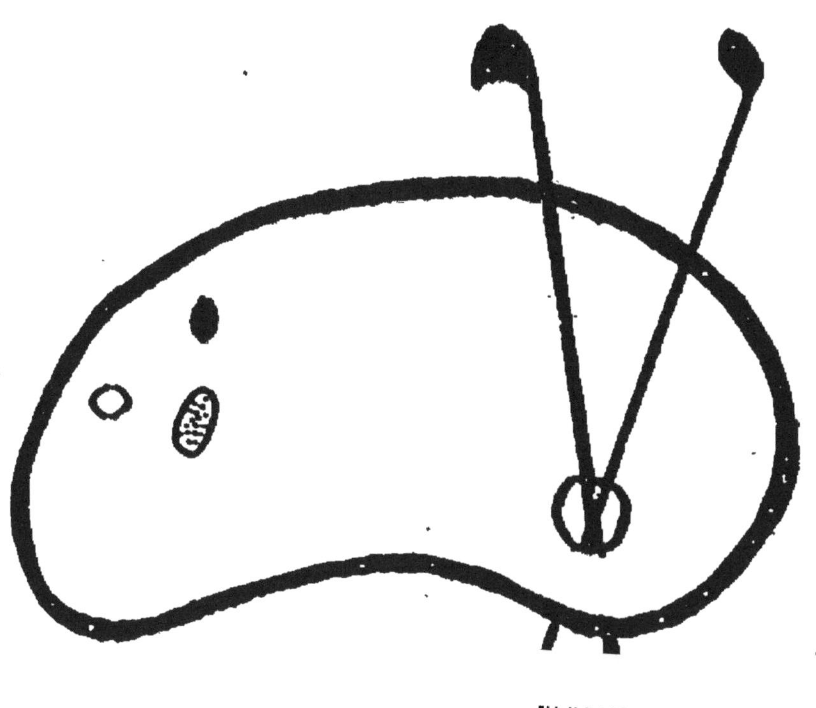

AF475289

LA

DÉCADENCE ROMAINE

SCÈNES HISTORIQUES

PAR

M. ARMAND POMMIER & M. ***

PARIS
E. DENTU, LIBRAIRE-ÉDITEUR
PALAIS-ROYAL, 13, GALERIE D'ORLÉANS

MDCCCLXI

EN VENTE

A LA LIBRAIRIE DE E. DENTU, ÉDITEUR

PALAIS-ROYAL, 13, GALERIE D'ORLÉANS

L'Afrique du Nord, par Jules Gérard, le Tueur de lions. 1 vol. in-18 jésus, illustrations de Beaucé. 3 50

Les Anglais, Londres et l'Angleterre, par L.-J. Larcher, avec une préface par M. É. de Girardin. 1 vol. gr. in-18 jésus. 3 »

Ballades et Chants populaires de la Roumanie (Principautés Danubiennes), recueillis et traduits par V. Allexandri, avec une Introduction par M. A. Ubicini. 1 vol. gr. in-18 jésus. 3 »

L'Esprit des autres, recueilli et raconté par Édouard Fournier. 3e édition, revue et très-augmentée. 1 charmant vol. in-18. 3 »

Iambes et Poëmes, par Auguste Barbier. 11e édition, revue et corrigée. 1 vol. grand in-18 jésus. 3 50

Jules César, tragédie de Shakspeare, traduite en vers français, par Auguste Barbier. 2e édition, ornée de deux portraits gravés. 1 vol. grand in-18 jésus. 3 50

La Mère du Croisé, par J.-B. Sœhnlin, suivie d'une table alphabétique des principaux Croisés. 1 vol. grand in-18 jésus. 2 »

Poésies populaires serbes, traduites sur les originaux, avec une introduction et des notes, par Auguste Dozon, chancelier du consulat général de France à Belgrade. 1 vol. gr. in-18 jésus. 3 »

Quelques vérités utiles, pensées, sentences et maximes sur divers sujets, recueillies par M. de ***. 1 joli vol. in-18. 3 »

Terentius, traduit en vers français par le major Taunay. 2 vol. grand in-18 jésus ornés de figures. 6 »

Une Existence orageuse, par Paul Chasteau; préface par Alfred Darou. 1 vol. grand in-18 jésus. 2 »

PARIS. — IMPRIMERIE DE EDOUARD BLOT, RUE SAINT-LOUIS, 46

LA
DÉCADENCE ROMAINE

Paris. — Imprimerie de ÉDOUARD BLOT, rue Saint-Louis, 46
(Ancienne maison Dondey-Dupré.)

LA

DÉCADENCE ROMAINE

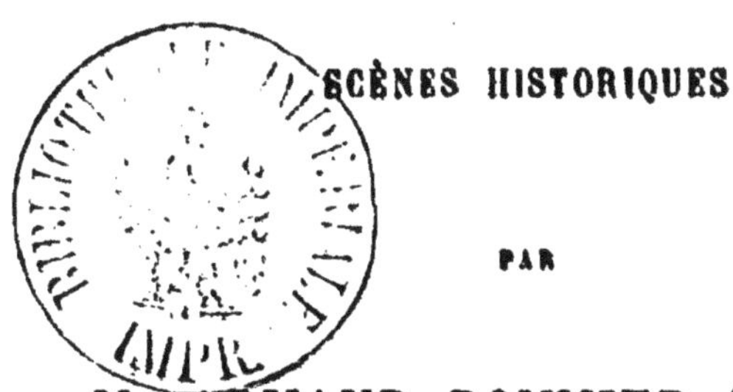

SCÈNES HISTORIQUES

PAR

M. ARMAND POMMIER & M. ***

PARIS

É. DENTU, LIBRAIRE-ÉDITEUR

PALAIS-ROYAL, 13, GALERIE D'ORLÉANS

MDCCCLXI

Nous sommes de ceux qui ne croient point à la mort des peuples : il y a des époques de décadence profonde, des siècles de léthargie et de sommeil, mais aussi des phases de transformation, plus ou moins longues, qui amènent progressivement les nations fatiguées de leur passé, ou épuisées par leur histoire trop remplie, aux jours éclatants du réveil. Au plus fort des ténèbres morales, alors que l'âme flotte incertaine entre le bien et le mal, que l'esprit s'abîme éperdu dans toutes les dégradations, que le corps pâtit de toutes les misères, déjà le travail de la rénovation commence. Les vieilles idées, les antiques croyances devenues stériles et impuissantes, perdent peu à peu de leur droit et de leur crédit, et se réduisent en poussière devant des idées nouvelles et des croyances fécondes. La force brutale essaye en vain de les étouffer dans le sang des supplices, dans la flamme des bûchers : le sang crée de nouveaux prosélytes; de la cendre des bûchers jetée aux quatre vents du ciel renaissent de nouveaux prophètes. L'humanité est immortelle comme Dieu qui l'a créée, et les nations qui sortent d'elle participent de son immortalité. « Les peuples meurent, ose écrire un Italien, M. J. Ferrari, et, une fois terrassés, personne ne peut plus les relever. » (V. *Histoire de la raison d'État*, par J. Ferrari. Paris, 1860.) Cette pensée est aussi celle de M. A. de Lamartine : « Quand les nations sont vieilles, écrivait-il l'autre jour, c'est pour toujours; quand elles sont mortes, c'est pour jamais. » (V. *Cours familier. de Litt.*, 55e et 56e entret.) Paroles menteuses! paroles impies! Non, les peuples ne meurent pas, et l'exemple, nous l'avons sous les yeux : l'Italie qui se rachète, à force d'héroïsme et de sagesse, du joug de l'Autriche et de ses princes étrangers. Est-il besoin encore de rappeler la Grèce de 1821, la Pologne de 1832, la Hongrie de 1848?... Et, l'Espagne, ne la disait-on pas morte aussi? cependant la voilà si bien ressuscitée, qu'elle a été jugée digne d'entrer dans l'illustre famille des grandes puissances européennes.

Toujours, aux passions, aux forces, aux intérêts d'une société en dissolution, se substituent d'autres passions, d'autres forces, d'autres intérêts qui la tirent de l'abîme. L'homme jamais ne manque à son œuvre, et sa marche à travers les siècles est toujours marquée par des conquêtes, dans le monde physique comme dans le monde moral, qui tournent à son profit et à sa gloire. « Dans l'immense échelle des êtres qui composent et peuplent le globe, écrit Daniel Stern dans son *Essai sur la Liberté, considérée comme principe et fin de l'activité humaine*, nous voyons la matière passer par une gradation ascendante à peine sensible, se dégager lentement de l'inertie, combiner ses éléments, se transformer sous l'action continue d'une force occulte, s'élever toujours, et parvenir de proche en proche à l'individualité ou la liberté. En traversant les règnes et les espèces dont la transition presque indéterminée s'opère par les produits mixtes, à partir de la matière inorganisée qui n'existe que par cohésion et ne croît que par juxtaposition, jusqu'à l'être humain dont le fœtus parcourt et résume dans son développement tous les modes inférieurs d'existence, la nature observe une progression constante où la perfection de l'organisme et l'intensité de la vie sont en proportion directe avec le degré d'individualité et de liberté conquis. Spectacle admirable, dont l'homme se laisse trop aisément détourner! Enseignement profond pour qui le saurait bien comprendre! L'énergie organisatrice arrive dans le règne humain à son plus haut point de perfection. Parvenue là, la nature s'arrête, ou plutôt elle rétrograde et redescend, pour remonter encore, dans son activité infinie, les mystérieux échelons de l'éternelle métamorphose. » Les mêmes lois régissent le monde moral; et le progrès n'est pas autre chose qu'une ascension graduelle et continue de l'esprit, par voie de transformations ou de métamorphoses, vers un idéal qui fuit sans cesse, mais duquel on se rapproche toujours de plus en plus. « La nature n'est pas stationnaire, a dit Napoléon III. Les institutions vieillissent, tandis que le génie humain se rajeunit sans cesse. L'un est l'ouvrage fragile des hommes, l'autre est celui de la Divinité. La corruption peut s'introduire dans le premier; le second est incorruptible. C'est l'esprit céleste, l'esprit de perfectionnement qui nous entraîne. » (V. *OEuvres de Napoléon III*, t. II, *Considérat. polit. et milit. sur la Suisse.*)

Nous avons voulu peindre, dans cette étude sur la *Décadence romaine*, une époque de décomposition du monde païen, travaillé déjà par l'œuvre de rénovation, œuvre mystérieuse encore, agissant dans l'ombre, méprisée et persécutée. La régénération des peuples abattus sous le faix de la tyrannie politique et de l'esclavage, en proie à tous les vices immondes, s'opère alors par le christianisme. « Un examen impartial, mais raisonné, des progrès et de l'établissement du christianisme, dit Édouard Gibbon, peut être regardé comme une partie très-essentielle de l'histoire de l'empire romain. Tandis que ce grand corps est attaqué de tous côtés par la violence ouverte, et que des principes cachés de décadence en altèrent sourdement la constitution, une religion humble et pure jette sans effort des racines dans l'esprit des hommes, croît au milieu du silence et de l'obscurité, tire de l'opposition une nouvelle vigueur, et arbore enfin sur les ruines du Capitole la bannière triomphante de la croix. » Oui, dans ces siècles primitifs, elle est ardente et pure, cette prédication de la vie nouvelle, et tout animée du souffle et de l'esprit de mansuétude du divin Crucifié. Tous ces hommes, humbles et courageux, qui se recommandent du fils de Marie, que veulent-ils? réhabiliter l'esclave, l'élever à la dignité d'homme. Ils flétrissent les tyrans sans les maudire, substituent la charité à l'égoïsme, revendiquent l'indépendance des peuples opprimés, proclament l'égalité entre le maître et le serviteur, entre la femme et l'époux. Ils promettent à tous les hommes de bonne volonté le pain de la vie nouvelle, c'est-à-dire la justice et la liberté. Comment vivent-ils? « Dans les premiers siècles de l'Église, le chrétien démontrait sa foi par ses vertus... Les plus anciens apologistes du christianisme, lorsqu'ils justifient l'innocence de leurs frères, et les écrivains d'un siècle moins reculé qui célèbrent la sainteté de leurs ancêtres, représentent avec les couleurs les plus vives la réformation des mœurs que la prédication de l'Évangile opéra parmi les hommes... Ce qui doit donner une haute idée de la morale des premiers chrétiens, c'est que leurs fautes même, ou plutôt leurs erreurs, venaient d'un excès de vertu. » (V. Ed. Gibbon, *Histoire de la décadence et de la chute de l'empire romain.*)

Telle était la vie des hommes qui, au milieu des tortures et du mépris, préparaient les voies au monde nouveau, et établissaient, lentement, mais sans reculer jamais, les lois et les mœurs d'une société qui ne devait rien garder des lois et des coutumes de la société païenne.

Quelles étaient les mœurs des maîtres du monde à cette époque, c'est-à-dire au troisième siècle de l'ère vulgaire? Vers ce temps vivait, dans les provinces romaines de l'Orient, Héliogabale ou Élagabale, fils de Julia Cœmias et de Sextus Varius Marcellus. Il avait les grâces, la figure charmante, tous les traits du dernier empereur, de Caracalla, dont le souvenir et la mémoire étaient chers aux légions de Syrie. Aussi, l'artificieuse Mœsa, sa grand'mère, s'apercevant de l'affection naissante des soldats pour son petit-fils, ne rougit pas de sacrifier la réputation de sa fille pour frayer les chemins du trône au jeune prince, qui exerçait alors à Émèse les fonctions de grand prêtre du Soleil. Elle propagea donc le bruit qu'il était vraiment fils de Caracalla. Les intrigues de Mœsa et de Cœmias furent couronnées d'un rapide et plein succès. Les troupes de Syrie acclamèrent Héliogabale, battirent les prétoriens de Macrin et conduisirent à Rome en triomphe leur nouvel empereur. Avec Héliogabale, les voluptés, les débauches, les sensualités effrénées de l'Orient s'assirent sur le trône des césars. « Il se plaisait principalement à confondre l'ordre des saisons et des climats, à se jouer des sentiments et des préjugés de son peuple, et à fouler aux pieds toutes les lois de la nature et de la décence. Il épousa une vestale qu'il avait arrachée par force du sanctuaire. Le nombre de ses femmes, qui se succédaient rapidement, et la foule de concubines dont il était entouré, ne pouvaient assouvir ses passions. Le maître du monde avait pris le beau sexe pour modèle dans son habillement et dans sa conduite... etc. » (V. Gibbon, Dion, Hérodien, l'Hist. Aug.)

ARMAND POMMIER.

Marigni, près Beaune (Côte-d'Or). Octobre 1860.

PERSONNAGES

HÉLIOGABALE, empereur.
PROBUS, sénateur.
ALEXANDRE, sénateur, cousin d'Héliogabale.
PRISCUS, sénateur.
HIÉROCLÈS, ZOTICUS, favoris de l'empereur.
VARIX, Gaulois, prisonnier de guerre.
DÉLIUS, esclave romain.
FESTUS, gladiateur.
CAÏUS, centurion.
UN VIEILLARD CHRÉTIEN.

Sénateurs, Hérauts d'Armes, Chrétiens, Soldats, Prisonniers de guerre, Esclaves romains

MARCIA, chrétienne, fille de Probus.
CŒMIAS, mère d'Héliogabale.
FAUSTA, nourrice de Marcia.
LUCILLA, ORESTILLA, courtisanes.

Chrétiennes, Courtisanes, Esclaves

Sous le règne d'Héliogabale on portait, à Rome, les plus riches costumes d'Orient.

LA DÉCADENCE ROMAINE

ACTE PREMIER

—

LE SÉNAT AU TEMPS DES EMPEREURS

—

SCÈNE PREMIÈRE

AVANT LA SÉANCE.

QUELQUES SÉNATEURS.

PREMIER SÉNATEUR.

Le Sénat est donc en retard aujourd'hui?

DEUXIÈME SÉNATEUR.

Mais non... seulement tu as devancé l'heure, sans doute comme moi, pour attendre Hiéroclès... Ah! la séance sera importante!

TROISIÈME SÉNATEUR.

Vous savez tous deux de quoi il s'agit?

QUATRIÈME SÉNATEUR.

De la demande que doit faire Priscus au nom de l'empereur... La question est grave, dit-on, et sans exemple jusqu'à ce jour.

PREMIER SÉNATEUR.

Il est juste qu'Héliogabale soit récompensé de l'intérêt qu'il nous témoigne à tous.... Êtes-vous sûrs de vos amis pour le vote d'aujourd'hui?

DEUXIÈME SÉNATEUR.

Oui, je puis compter sur tous. (Au troisième Sénateur.) Et toi?

TROISIÈME SÉNATEUR.

Comme toujours.

QUATRIÈME SÉNATEUR.

Je puis répondre aussi des miens.

PREMIER SÉNATEUR.

Restera donc la faction des incorruptibles, Probus et ses fidèles.

DEUXIÈME SÉNATEUR.

Ils sont en si faible minorité!

TROISIÈME SÉNATEUR.

Oui, mais violents, énergiques.

QUATRIÈME SÉNATEUR.

Et l'éloquence de Probus est parfois entraînante.

PREMIER SÉNATEUR.

Pour quelques-uns... mais la saine majorité doit triompher, comme toujours!... Ah! j'aperçois Hiéroclès.

SCÈNE II

Les Mêmes, HIÉROCLÈS.

(Le Sénat se remplit peu à peu; la séance commence; arrive Priscus, puis Probus avec ses amis.)

HIÉROCLÈS.

Salut, sénateurs!... Eh bien, vos amis sont prévenus, sans doute, et nous pouvons compter sur eux?

PREMIER SÉNATEUR.

Tous voteront comme nous.

(Signe d'assentiment des autres Sénateurs.)

HIÉROCLÈS, à part, au premier Sénateur.

Heureuse nouvelle! c'est l'empereur qui dote ta fille.

PREMIER SÉNATEUR.

L'empereur dote ma fille! Ah! puissent les dieux prolonger le bonheur de son règne!

HIÉROCLÈS, au deuxième Sénateur.

A dater d'aujourd'hui, ton frère est nommé gouverneur de Ligurie.

DEUXIÈME SÉNATEUR, s'inclinant.

Honneur au prince qui sait rendre justice au dévouement des siens!

HIÉROCLÈS, au troisième Sénateur.

Tu aimes Nasica, la belle esclave syrienne? désormais elle t'appartient... Ce soir même elle sera dans ton palais.

TROISIÈME SÉNATEUR.

Oh! merci, Hiéroclès, je n'oublierai jamais ce que vaut un présent pareil.

HIÉROCLÈS, au quatrième Sénateur.

Cette fraiche villa, où l'empereur te convia l'autre jour et qui te sembla si charmante... elle est à toi, il te la donne.

QUATRIÈME SÉNATEUR.

Comment ai-je pu être digne?...

HIÉROCLÈS, l'interrompant.

Héliogabale mesure toutes ses faveurs au mérite. (Aux Sénateurs.) Allons, sénateurs, tout ira bien, et Priscus, je le vois, sera puissamment secondé par vous.

(Il sort.)

SCÈNE III

LA SÉANCE. (Le Sénat est assemblé.)

PROBUS et SES AMIS au premier plan; PRISCUS monte à la tribune. Vive attention.

PRISCUS, à la tribune.

Illustres sénateurs, vous connaissez tous le désintéressement de notre jeune empereur; vous savez avec quelle déférence il a toujours accueilli nos demandes... aussi, depuis son avénement au trône des Césars, Rome est plus que jamais florissante; partout sont répandus le bien-être et la joie... Ne soyons pas indignes de la sollicitude d'un prince à qui nous devons tant de prospérités... Héliogabale n'a rien encore demandé au sénat, et que nous a-t-il refusé?... En est-il un seul parmi nous qu'il n'ait comblé de ses faveurs?... N'est-il pas juste qu'aujourd'hui le Sénat n'ait qu'une voix pour répondre à la première demande d'Héliogabale?... Vous savez quelle femme est sa mère?... La noblesse de son caractère, ses hautes vertus, son grand cœur vous sont connus; accordons à cette femme illustre l'honneur de siéger sur les bancs du Sénat...

GRAND NOMBRE DE VOIX.

Oui... oui !

PRISCUS, reprenant.

Le Sénat tout entier, je le vois, est favorable.

PROBUS, interrompant.

Le Sénat tout entier protestera contre l'admission d'une femme à la dignité sacrée de sénateur.

PRISCUS.

Probus sera donc toujours le même ?

PROBUS.

Jamais on n'a vu pareil abaissement.

QUELQUES VOIX, du côté de Probus.

Jamais ! jamais !

PRISCUS.

Personne ici ne s'abaisse... je m'attendais aux interruptions de Probus, mais je m'étonne de ces rumeurs. Sénateurs, y aurait-il parmi vous des ingrats ?

PROBUS, avec force.

Non, mais des hommes !

PRISCUS.

Sénateurs, n'écoutez, je vous en conjure, que la voix de votre cœur ; jugez dans le calme de vos consciences, oubliez les passions de parti, et songez combien il serait dangereux de porter atteinte à l'union du Sénat et de l'empereur... Que nous demande César ? que nous demande sa mère ? un décret qui ne peut que faire honneur au Sénat ; nous mettre au-dessus du trône serait une vaine fierté.

PROBUS.

Ah ! plût aux dieux qu'il vous restât de la fierté !

(Vives rumeurs... Quelques-uns se lèvent.)

NOMBREUX SÉNATEURS.

Au vote... au vote !...

TOUS LES SÉNATEURS, excepté Probus et ses quelques amis.

Au vote... au vote !...

PROBUS, s'élançant à la tribune.

Arrêtez, sénateurs... écoutez-moi d'abord... La parole est mon droit, et je parlerai .. Je ne croyais pas qu'il vous fût si facile de descendre à une telle servilité !... Vous laisserez-vous courber ainsi par la volonté d'un maître, et pas un de vous ne résistera-t-il, quand c'est votre dignité qui vous l'ordonne ?... Dans vos cœurs il ne reste donc rien du généreux sang de vos pères ? et leurs mâles vertus, et leur courage héroïque, et leur amour de la patrie... tout est donc oublié?... La ville éternelle ne renferme donc plus qu'un maître d'un côté, que des esclaves de l'autre !... (*Vives rumeurs... Plusieurs Sénateurs se lèvent.*) Oui, des esclaves !... La corruption est partout, la lâcheté dans toutes les âmes... Avec les trésors des peuples conquis, tous les vices sont entrés dans nos murs ; des cirques, des théâtres, des gladiateurs, voilà désormais toute la gloire de Rome... Elle est envahie par une tourbe d'étrangers qui la déchirent et qui, chaque jour, se disputent des lambeaux de pouvoir... A l'intérieur, le désordre ; les troubles au dehors. Les tributs ne sont plus payés... la révolte éclate sur tous les points de l'empire... et que vient-on vous demander ? je rougis d'y penser et je n'ose le dire... Ce n'était pas assez que, violant nos lois antiques, des aventuriers sans pudeur obtinssent les premières dignités de l'État ; que d'anciens histrions eux-mêmes vinssent parmi les sénateurs siéger sur nos chaises curules ! Qu'y manquait-il encore ?... des femmes... Mais non, le Sénat les demande. O sénateurs !... on nous comparait jadis à une assemblée de rois, grands dieux ! que dirait-on à présent?... Pour l'honneur du Sénat, pour l'honneur de l'empire lui-même, sachez, je vous en conjure. sachez résister à d'aussi folles demandes, et, à côté de nos sceptres d'ivoire, qu'on ne trouve pas les fuseaux d'un gynécée !

(*Probus descend de la tribune.*)

PRISCUS, *remontant à la tribune.*

Nous connaissons tous la vertu farouche et l'exagération des principes de Probus.

PREMIER SÉNATEUR.

Vertus, principes ! dites fanatisme. De pareilles attaques sont injurieuses pour Héliogabale. Que Probus respecte au moins l'empire dans la personne de l'empereur !... Le Sénat, je pense, est suffisamment éclairé ; terminons ce débat, pères conscrits, et n'oublions pas que l'empereur a peut-être attendu.

(*Bruit de clairons.*)

UN HÉRAUT D'ARMES.

L'empereur quitte à l'instant son palais pour se rendre au Sénat !

PRISCUS.

Hâtez-vous, sénateurs... on va recueillir les avis.

(Il descend de la tribune.)

PROBUS.

Une pareille demande ne peut être prise au sérieux par le Sénat.

UN QUESTEUR.

Que ceux qui opinent comme Priscus passent de son côté... que ceux qui partagent l'opinion de Probus se rangent auprès de lui.

(La majorité est à Priscus; du côté de Probus, quelques amis seulement.)

PRISCUS, remontant à la tribune.

A une forte majorité, le Sénat adopte la demande de l'empereur.

PROBUS.

Il ne consacre qu'une infamie de plus!

(Bruit de clairons.)

DEUXIÈME HÉRAUT D'ARMES.

L'empereur descend de sa litière!

(Quelques minutes de silence... Chaque Sénateur regagne sa place et se tient debout.)

TROISIÈME HÉRAUT D'ARMES.

L'empereur et sa mère, l'illustre Cœmias!

SCÈNE IV

LES MÊMES; L'EMPEREUR, CŒMIAS, HIÉROCLÈS, SUITE NOMBREUSE.

(Tout le Sénat salue avec empressement.)

PRISCUS, à la tribune.

Prince, ce jour est un des plus solennels pour le Sénat : il s'honore en admettant dans ses rangs la mère illustre de son empereur.

(Il quitte la tribune.)

L'EMPEREUR, *légèrement.*

Merci, sénateurs.

CŒMIAS.

Clarissimes, pour moi aussi ce jour est solennel ; vous m'avez grandie en m'élevant jusqu'à vous... Comptez tous sur ma gratitude.

(*Priscus la conduit à la place qui lui est réservée.*)

L'EMPEREUR.

Vous le savez, sénateurs, c'est dans trois jours que je donne ma fête. — Aux jeux du Cirque, nous aurons cinquante nouveaux gladiateurs, et deux cents chrétiens à jeter aux bêtes. — Après les jeux du Cirque, tout ce qu'il y a d'illustre dans Rome est convié à un grand banquet dans mes jardins du Tibre... Chaque convive aura sa couronne de roses et une belle esclave à son côté. Je veux que les vieillards eux-mêmes soient rajeunis par mes vins de Grèce et d'Aquitaine. Les plus suaves parfums d'Arabie brûleront dans nos cassolettes d'or, et, au tomber de la nuit, la ville doit resplendir aux flambeaux. Les sept collines seront illuminées ; des trirèmes pavoisées descendront le Tibre, et chacune d'elles portera des chanteurs et des lyres. Cette nuit-là le ciel de Rome sera plein de clartés, de parfums et d'harmonies. Fête complète ! Vive Bacchus ! pères conscrits, et que pas un de vous ne manque à la solennité. Mais j'arrive à l'important... plusieurs d'entre vous m'ont prouvé déjà qu'ils n'étaient pas étrangers à l'ordonnance des festins, et je souhaite fort votre avis sur un point capital. (*Tous se pressent autour de lui.*) J'ai reçu, d'une province amie, un *turbot* vraiment prodigieux... Comment le cuirons-nous ?... Ah ! si Lucullus vivait, il m'indiquerait, à coup sûr, quelles herbes rares, quelles plantes parfumées on doit préférer ; il choisirait avec amour les vins délicieux dont il faut l'arroser pour qu'il soit digne de la table d'un dieu. Mais, paix à Lucullus ! s'il n'est plus, il en est encore parmi vous, j'espère, qu'il eût avoués pour disciples. Faites donc trêve aujourd'hui à vos stériles discussions d'État, et tâchez de vous entendre sur les apprêts de ce merveilleux produit de l'Océan. — Délibérez gravement, la chose en vaut la peine ; votre décision fera loi...

(*Probus, indigné, fait quelques pas pour sortir.*)

L'EMPEREUR.

Eh bien! Probus, tu nous quittes?

PROBUS, se maîtrisant.

Je laisse à d'autres le soin de régler vos banquets. Il m'est permis, je pense, de songer à autre chose qu'à des fêtes.

L'EMPEREUR, riant.

Et tu trouves mauvais sans doute que l'on s'amuse à Rome; tu ne crains pas de paraître offenser nos plaisirs?

PROBUS.

Ceux qui ne tiennent pas à leur vie ne craignent jamais de dire ce qu'ils pensent, et savent garder leur dignité quand d'autres l'oublient.

L'EMPEREUR.

A ton aise, Probus. (Il se détourne avec distraction.) Aujourd'hui, je suis de joyeuse humeur! (A Priscus.) Encore une victoire, Priscus; j'apprécierai toujours un ami tel que toi... dispose de mes faveurs.

(Priscus s'incline; tous deux s'entretiennent à voix basse, entourés de quelques sénateurs Probus se dispose à sortir; Cœmias se lève et du geste l'arrête : ils reviennent ensemble sur le devant de la scène. — Le mouvement de ce dialogue est très rapide.)

CŒMIAS.

Probus, vous êtes d'une bien grande sévérité... Ne connaissez-vous pas la mère de l'empereur, et croyez-vous que le Sénat...

PROBUS, l'interrompant.

Le Sénat, madame, j'y suis venu pour la dernière fois.

CŒMIAS, dissimulant.

Depuis longtemps déjà je connais votre fermeté, votre indépendance; les hommes tels que vous sont précieux et rares dans un empire: pourquoi nous combattre avec cette obstination, je dirais presque avec cette violence?

PROBUS.

Je n'ai pour guide que la justice... le devoir seul est sacré pour moi.

CŒMIAS.

Croyez-vous donc, Probus, que l'empereur et sa mère n'accueilleraient pas vos conseils avec la déférence et le respect qu'on doit à un sénateur vénéré?... Ah! si l'harmonie pouvait s'établir entre nous...

PROBUS, l'interrompant.

Vous oubliez, madame, quel est votre fils! les folies de son règne ont scandalisé Rome et soulèvent les provinces.

CŒMIAS, vivement.

Probus!...

PROBUS.

Jamais je ne dissimule ma pensée. Romain, je veux l'honneur de ma patrie; soldat, je veux que nos légions soient respectées, et je lutterai tant qu'il me restera des forces.

CŒMIAS.

Consentez à venir au palais, peut-être parviendrez-vous à diriger dans une voie plus digne l'empereur... le Sénat luimême.

PROBUS.

L'empereur n'écoute personne; le Sénat lui est trop dévoué, trop asservi.

CŒMIAS.

Mais moi, Probus, je garde encore quelque pouvoir sur Héliogabale; c'est à moi qu'il doit l'empire, et si dans mes projets j'étais secondée par un conseiller tel que Probus, je pourrais rendre à notre patrie sa grandeur d'autrefois. Si un instant l'éclat du trône a ébloui mes yeux, je comprends aujourd'hui combien est digne la tâche imposée aux maîtres du monde.

PROBUS.

Si vous mettez obstacle aux volontés de votre fils, peut-être il vous frappera dans un instant de colère; ses passions le gouvernent, il refuse de vous entendre, vous sa mère. Vous êtes dites-vous, vraiment attachée à l'honneur de Rome?

CŒMIAS.

N'en doutez pas, Probus.

PROBUS.

Eh bien, madame, la splendeur de Rome commence avec Junius Brutus,.. elle finit avec Auguste.

CŒMIAS, avec effroi.

Probus, je ne puis vous comprendre...

PROBUS.

Ce n'est pas la liberté de Rome que vous voulez, madame, mais son asservissement; tout accord entre nous est impossible.

CŒMIAS.

Peut-être...

PROBUS.

Jamais, madame...

(Il s'incline et sort.)

CŒMIAS, bas.

Quel homme! quel caractère!... mais il est à craindre!...

SCÈNE V

LES MÊMES, ZOTICUS, entrant avec vivacité et se dirigeant vers l'Empereur.

(Les Sénateurs s'éloignent; Héliogabale s'avance sur le devant de la scène; Zoticus le suit très-empressé.)

ZOTICUS.

Je quitte à la hâte le palais, et j'accours au Sénat; j'ai vu la fille de Probus.

HÉLIOGABALE, vivement.

Marcia... eh bien?...

ZOTICUS.

Heureuse nouvelle! à force de prières, j'ai enfin obtenu pour vous une entrevue secrète... et cette nuit même...

HÉLIOGABALE.

Cette nuit même! où?...

ZOTICUS.

Dans les catacombes!...

HÉLIOGABALE, surpris.

Dans les catacombes...

ZOTICUS.

Oui, Marcia est chrétienne.

HÉLIOGABALE.

Chrétienne! allons, la résistance n'en sera que plus vive... mais, où l'as-tu vue, et quels moyens as-tu mis en œuvre?

ZOTICUS.

Ce matin, elle se promenait sur les bords du Tibre, accompagnée d'un seul serviteur; je me fis craintif et timide, je l'abordai: je lui parlai de votre amour, elle m'écouta avec ravissement... — Est-il chrétien?... m'a-t-elle demandé. — Je l'ignore, ai-je répondu; mais j'affirme que pour vous il le deviendra... Ce n'est qu'un simple chevalier, il est vrai, et vous êtes fille d'un sénateur; mais, vous le savez, il est jeune, brave, et accueillera avec enthousiasme vos idées généreuses!... — Oh! le Ciel soit loué, s'écria-t-elle... — Alors, je la pressai plus vivement, je parlai de vos larmes, de vos nuits d'insomnie, de votre désespoir enfin, et je la vis pleurer. (Changeant de ton.) Alors, la victoire était à nous.

HÉLIOGABALE, souriant.

Adroit comme toujours, Zoticus. Et elle ne se doute en rien de mon rang suprême?

ZOTICUS.

Comment pourrait-elle s'en douter? Depuis qu'elle est à Rome, elle ne vous a vu qu'une ou deux fois dans une place obscure du théâtre, avec votre déguisement de chevalier... Elle ne vous connaît que sous le nom de Pharès.

HÉLIOGABALE.

Bien! continue.

ZOTICUS.

Quand je vis ses larmes... vous allez rire, peut-être... je me sentis presque ému, comme si devant elle j'eusse été l'empereur lui-même... (S'inclinant.) Oh! pardon, prince!

HÉLIOGABALE.

En vérité, Zoticus, tu t'es attendri? C'est qu'elle est bien belle!

ZOTICUS.

Digne de l'empereur.

HÉLIOGABALE.

Achève.

ZOTICUS.

Ce soir, à la porte Metroni, un homme vous attendra; vous arriverez dans votre vêtement de chevalier. Vous vous laisserez mettre un bandeau sur les yeux... et vous suivrez votre guide.

HÉLIOGABALE.

Mais, Zoticus... il me semble...

ZOTICUS.

Aucun danger, prince... moi et bon nombre de prétoriens saurons veiller sur notre empereur.

HÉLIOGABALE.

Enfin, et puis?

ZOTICUS, riant.

Et puis... vous vous laisserez donner le baptême... et puis... vous deviendrez son époux; et puis... (Riant plus fort.) ce sera votre femme, et, chose bizarre, le père de Marcia, le farouche Probus, le seul qui pût veiller sur elle, n'est pas chrétien, et, d'après le rite de ces fous, n'a pas le droit d'assister à votre union. Il ignore complétement la foi nouvelle de sa fille, et, bien plus, il la destine à votre cousin Alexandre.

HÉLIOGABALE.

Ah !... Alexandre... qu'il prenne garde !... Je l'ai dépouillé déjà de son titre de César, et s'il ne m'aime guère, moi, je le hais! (Changeant de ton.) Eh bien! ce sera charmant. A merveille, mon brave Zoticus! à ta place, je n'eusse pas fait mieux.

ZOTICUS.

Vous servir, prince, élève les plus humbles.

HÉLIOGABALE, lui frappant sur l'épaule.

Ce pauvre Zoticus! bientôt la province de Syrie sera vacante.

ZOTICUS, s'inclinant.

Oh! prince, le dévouement de Zoticus n'attendait rien; mais le jour baisse, il serait temps, je crois, de songer aux apprêts de votre déguisement.

HÉLIOGABALE.

Tu as raison... Sénateurs, je vous laisse à vos délibérations. Ma mère, venez.

(Il lui donne la main et ils sortent.)

PRISCUS, après avoir accompagné l'Empereur, revenant sur ses pas.

Et maintenant, songeons à satisfaire promptement le désir de notre jeune empereur; que ce soir même il apprenne notre décision.

SCÈNE VI

PRISCUS, PROBUS et ALEXANDRE.

Les Sénateurs délibèrent; Probus et Alexandre arrivent ensemble sur le devant de la scène.)

PROBUS.

Eh bien, après tout ce que je viens de vous apprendre, serez-vous enfin des nôtres?... Le Sénat est-il assez dégradé, le trône assez avili?... Déjà je puis compter sur dix mille hommes de la garde prétorienne. Deux mille chrétiens, déterminés comme moi à tout oser, font cause commune avec nous. De plus, vous savez, Alexandre, combien Rome renferme de prisonniers de guerre : Phrygiens, Gaulois, Espagnols. Ceux-là depuis longtemps sont prêts à briser leurs chaînes ou à mourir; ils sont nombreux; ils auront l'énergie que donne la souffrance et le grand souvenir de Spartacus, et se lèveront en masse au mot de liberté... Hésitez-vous encore? Héliogabale n'a-t-il pas déjà trop régné pour la honte de l'empire? Il est votre parent, qu'importe! il doit tomber... Aux jours de deuil et d'ignominie, on ne doit avoir devant les yeux qu'une seule image, l'image radieuse et sainte de la patrie en larmes... Les liens du sang ne sont rien pour ceux qui aiment la patrie d'un fervent amour, comme doivent l'aimer des hommes libres.

ALEXANDRE.

Mais, Héliogabale tombé, qui le remplacera?... Si c'était un despote plus dangereux encore? Il ne suffit pas de renverser un trône, il faut asseoir la liberté.

PROBUS.

Quand le crime est debout, il faut que la justice se lève. Frappons d'abord, nos cœurs décideront après.

ALEXANDRE.

Vous savez, Probus, si je tiens à l'honneur de ma patrie;

mais, vos projets accomplis, je vois la guerre civile... et la guerre civile m'épouvante.

PROBUS.

La guerre civile! agissons promptement, elle devient impossible; l'inaction la recule; la reculer, c'est la rendre terrible, implacable, éternelle peut-être... Songez-y bien, Alexandre.

ALEXANDRE.

Songez aussi, Probus, que vous êtes responsable de l'avenir; peut-être vous hâtez-vous trop. Il est des circonstances où il faut savoir attendre.

PROBUS.

Quand on laisse passer un jour propice que les dieux vous envoient, on peut rester tout un siècle dans l'attente d'un jour pareil... Je vous le répète, Alexandre, ceux qui conspirent avec nous, jeunes et vieux, riches et pauvres, portent tous des âmes d'élite; ils sont nombreux, fermes, disciplinés, et, pour abattre un tyran, jamais l'occasion ne fut si belle.

ALEXANDRE, après un instant de réflexion.

Probus, comptez sur moi; quoi qu'il advienne, je vous suivrai.

(Il lui tend la main.)

PROBUS.

Je n'attendais pas moins de vous, Alexandre; maintenant, du moins, Marcia, ma fille, est assurée d'avoir un époux digne d'elle.

ALEXANDRE.

Ah! m'aimera-t-elle comme je l'aime?

PROBUS.

En doutez-vous; Marcia n'est-elle pas la fille de Probus? la volonté de son père lui sera sacrée, et elle sera fière des vertus de son époux.

PRISCUS.

Illustres sénateurs, un héraut d'armes va porter au palais le résultat de nos délibérations.

PROBUS.

Vous voyez dans quelles mains l'empire du monde est tombé! A ce soir, Alexandre! à ce soir aux Catacombes, où nous attendent les chrétiens qui doivent s'armer avec nous.

FIN DU PREMIER ACTE

ACTE DEUXIÈME

LES CATACOMBES

SCÈNE PREMIÈRE

HÉLIOGABALE, arrivant conduit par un GUIDE.

LE GUIDE.

C'est ici... Le secret le plus absolu, votre vie en dépend.

(Il sort.)

HÉLIOGABALE, arrachant vivement son bandeau.

Enfin !... ma patience était à bout ! (Il jette autour de lui un regard investigateur). Voilà donc ce qu'on appelle les Catacombes... quelles sombres voûtes... quelle profondeur! C'est la première fois sans doute que ces caveaux funèbres entendront des paroles d'amour... (Changeant de ton.) Je suis donc le premier au rendez-vous? Il faut que j'attende, moi, Héliogabale, moi, le beau prêtre du Soleil, pour qui toutes les femmes de Syrie n'avaient qu'un regard... Et voilà bien des jours qu'un amour brûlant me tourmente sans être encore apaisé!... Aussi la faute en est à moi : je pouvais bien faire enlever Marcia par des gardes, la conduire de force au fond de mon palais... Mais non, je me suis senti pour Marcia presque une faiblesse au cœur. Je veux qu'elle ne reconnaisse en moi rien de l'empereur, et qu'elle n'appartienne qu'à Pharès... Je veux que d'elle-même elle s'abandonne à mes embrassements comme une vierge naïve la première fois qu'elle se livre à son époux. Ah ! les dieux me gardent de déchirer ses chastes voiles blancs ! Je veux qu'ils tombent d'eux-mêmes, et qu'elle m'apparaisse belle et souriante comme la jeune Hébé devant le maître des dieux. J'oublie pour cette nuit les plaisirs vendus et les voluptés faciles. C'est un bonheur sans bornes qui m'est réservé. C'est Marcia, la vertueuse Marcia... Pour cela, que faut-il? me faire chrétien, soit! N'ai-je pas été prêtre du Soleil? je puis bien être chrétien pour un jour... Mais ces farouches sectaires, maintenant que leur retraite m'est connue, je veux les frapper tous... Zoticus veille, et pour eux, cette nuit sera la dernière. Qu'ils viennent donc, qu'ils me donnent le baptême, qu'ils m'unissent à Marcia, et je serai le dernier qu'ils béniront. Ils ne sortiront pas d'ici, c'est Héliogabale qui en fait le serment. (Changement de ton.) Mais les heures passent, et j'attends toujours. Personne, personne encore, et le flambeau se consume... Zoticus m'aurait-il trahi? Marcia, peut-être?... J'ai bien des ennemis dans Rome!... et si l'un de ces chrétiens me connaissait... Mais non, ces fanatiques ne vivent guère que dans les Catacombes; ils redoutent la lumière du soleil et sans doute n'ont jamais vu leur maître. J'entends des pas précipités... (La main à son glaive.) Ah! c'est Marcia!

SCÈNE II

HÉLIOGABALE, sous le nom de Pharès; MARCIA.

HÉLIOGABALE.

Marcia, vous, la fille d'un sénateur, vous n'avez donc pas dédaigné un simple chevalier, sans richesse et sans nom!

MARCIA.

Que m'importent, Pharès, et la fortune et l'origine! j'ai écouté la voix de mon cœur, et je suis venue.

HÉLIOGABALE.

Moi, je n'ai que mon amour, Marcia; je viens, le cœur ému de crainte, et vous me dites que peut-être je ne suis pas indigne...

MARCIA, l'interrompant.

Je suis chrétienne, Pharès; la vertu seule est grande et belle, la vertu seule relève ceux qu'oublie la fortune...

Qu'importe votre pauvreté, qu'importe votre nom!... si vous êtes grand par le cœur.

HÉLIOGABALE.

Oh! Marcia, mon amour doublera mon courage, et je veux arriver si haut, que la foule me jette des regards d'envie.

MARCIA.

Les biens de la terre sont périssables, et je n'ambitionne rien d'un monde corrompu. Mes yeux regardent plus haut: ils sont fixés vers le ciel. Soyez ainsi que moi, Pharès, oubliez toute pensée de grandeur vaine... Alors seulement...

HÉLIOGABALE, l'interrompant.

A vous, Marcia, mon âme tout entière, et si le nom sacré de votre époux...

MARCIA.

Mon époux, Pharès? Ah! vous n'êtes pas chrétien!

HÉLIOGABALE.

Je ne sais pas encore ce qu'un pareil mot veut dire. Souvent, il est vrai, j'ai entendu parler des chrétiens, mais comme d'une secte aveugle et farouche qui voulait le renversement de Rome et n'aspirait qu'à réaliser de vains rêves.

MARCIA.

Oh! détrompez-vous. Vous fûtes élevé dans un culte idolâtre, et vos paroles ne leur font aucune injure, puisque vous ignorez ce qu'ils sont; mais si vous connaissiez leurs espérances, vous vous inclineriez le premier peut-être devant la sublimité de leurs doctrines.

HÉLIOGABALE.

Marcia, je vous aime, et il me tarde de vous entendre.

MARCIA.

Nous ne révélons notre foi qu'à ceux qui paraissent disposés à l'embrasser avec ardeur.

HÉLIOGABALE.

Pour vous, Marcia, je quitterais sans peine les croyances de ma jeunesse; elles ne satisfont plus ni ma raison, ni mon cœur. Parlez, instruisez-moi : la foi que Marcia a embrassée ne peut être que belle et généreuse.

MARCIA.

Mon Dieu! tu l'as entendu; je le sens, tu m'ordonnes de parler; puisse ta lumière descendre sur lui! Pharès, écoute : nous ne reconnaissons qu'un seul Dieu; les hommes, qu'ils se drapent dans la pourpre ou traînent le haillon, sont tous égaux devant nous, comme devant lui : patrices, plébéiens, maîtres, esclaves... distinctions vaines désormais! Tous les hommes sont frères et responsables, devant Dieu seul, des actes de leur vie; quand la mort vient les prendre pour les jeter devant sa justice éternelle, là, dépouillés de leur titre, ils n'ont pour toute escorte que leurs vertus ou leurs crimes, et reçoivent pour jamais la récompense ou le châtiment qui leur est dû. On nous accuse de vouloir bouleverser le monde, et nous n'aspirons qu'à la paix universelle. Aussi, nous avons dans nos saintes doctrines la foi la plus ardente, et quand il le faut, nous sommes prêts à expirer pour elles... Voilà quels sont les chrétiens, Pharès; leur beau nom leur vient du Christ, le prophète inspiré par Dieu... Le Christ, sais-tu ce qu'il a fait?... C'était le fils d'un pauvre charpentier d'une bourgade obscure de la Judée. Parcourant les hameaux et les villes, il allait prêchant l'égalité des hommes. Pèlerin infatigable, chaque jour il marchait sans repos : torrents, forêts, montagnes, rien n'arrêtait son amour. Partout il répandait sa voix fraternelle, et les peuples émerveillés le suivaient comme suspendus à ses lèvres. Il avait dit aux rois de la terre : « Un jour viendra où ma puissance fera tomber la vôtre; » et quelques despotes, irrités de sa parole sainte, le livrèrent à des bourreaux. On le battit de verges; on lui jeta sur l'épaule une robe d'écarlate, en raillerie de sa puissance; on le couronna d'épines qui déchiraient son front; on le couvrit de boue et d'insultes... Il y en eut même qui lui crachèrent au visage, et lui n'avait pour tous qu'un sourire de pardon.

HÉLIOGABALE, avec une tristesse feinte.

Pauvre martyr!...

MARCIA.

Lorsque, pâle, haletant, inondé de sueur et couvert de fange, on le vit chanceler enfin sous le poids de sa douleur, on le cloua vivant sur une croix. Ce fut là que s'acheva sa lente agonie, et ses meurtriers crurent alors qu'il mourait tout entier... Les insensés! ils n'avaient tué que le corps! Sa pensée immortelle restait à douze apôtres, qui, se dévouant comme lui, l'ont répandue sur tous les points de la terre. Oh! Pharès, qu'elle est puissante et belle, notre foi! elle rayonna comme un soleil qui se lève; elle surgissait à peine, que déjà elle éclairait le monde. Aujourd'hui... c'est nous qui sommes les apôtres, et si parfois la faiblesse ou le découragement s'empare de nos âmes, nous nous rappelons toujours le Christ et ce qu'il a souffert. Nous le voyons encore expirant sur le haut de sa croix, la tête penchée sur sa poitrine, ses deux bras étendus sur l'humanité; et cette image nous relève et nous fortifie pour l'accomplissement de la grande œuvre... Pour être avec nous, Pharès, il faut croire, il faut aimer... tout est là. Oh! que l'amour des idolâtres est différent du nôtre! Nous, nous regardons la vie comme un passage; et quand ici-bas deux êtres comme Pharès et Marcia sont créés par Dieu pour s'aimer, la mort ne les atteint jamais. Endormis dans la tombe, ils se réveillent au ciel, et là-haut retrouvent pour l'éternité les joies sacrées de leur amour. Ainsi je t'aimerai, ainsi je veux être aimée.

HÉLIOGABALE.

Et c'est ainsi que je t'aimerai, Marcia! que faut-il faire pour être chrétien? parle, je suis prêt à embrasser ta foi.

(Ici les Catacombes s'illuminent et de nombreux Chrétiens s'avancent.)

MARCIA.

Tu vas l'apprendre.

HÉLIOGABALE, à part, avec feu.

Oh! la belle prêtresse! comme elle est jeune et rayonnante.

Tout le sang de mes veines est une lave ardente, et chaque heure est un siècle. (Changeant de ton.) Allons, Héliogabale, joue ton rôle jusqu'au bout : n'oublie pas que la victoire n'est qu'à ce prix.

SCÈNE III

LES MÊMES; LES CHRÉTIENS.

MARCIA.

Frères, approchez... venez faire un chrétien de plus, et consacrez l'union de Marcia, votre sœur. (S'adressant à Pharès.) Ta main, Pharès.

(Elle conduit Pharès devant eux.)

UN VIEILLARD.

Quel est ton nom ?

HÉLIOGABALE.

Pharès, chevalier romain.

LE VIEILLARD.

Peu nous importent tes titres... Es-tu bien décidé à embrasser notre foi ?

HÉLIOGABALE.

Je le suis.

LE VIEILLARD.

Tu abjures tes anciennes croyances ?

HÉLIOGABALE.

Je les abjure.

LE VIEILLARD.

Es-tu prêt à braver la mort pour défendre la religion nouvelle ?

HÉLIOGABALE.

Je suis prêt.

LE VIEILLARD.

Les principes de notre foi, les connais-tu ?

MARCIA.

Oui, frère, je lui ai tout révélé.

LE VIEILLARD.

A genoux donc (Héliogabale s'agenouille.) et reçois le baptême. Au nom du Christ, et par sa croix, nous te reconnaissons pour frère; désormais, tu es avec nous.

HÉLIOGABALE.

Merci, frère; ma vie tout entière sera vouée à la défense de vos doctrines. Mais vous avez réalisé une partie de mes vœux en m'accueillant parmi vous. Pour que ma félicité soit complète... (Il prend la main de Marcia.) consacrez notre union.

LE VIEILLARD.

Sœur, as-tu choisi cet homme pour être ton époux?

MARCIA.

Oui, frère.

LE VIEILLARD.

Pharès... tu consens à t'unir à Marcia?

HÉLIOGABALE.

C'est mon vœu le plus cher.

LE VIEILLARD.

Marcia, as-tu consulté ton père?

MARCIA.

Hélas! frère, tu le sais, mon père est idolâtre, et l'époux qu'il me destine est idolâtre comme lui.

LE VIEILLARD.

Alors, tu es libre... qu'il soit donc fait selon ton cœur. (Il lui prend la main et la met dans celle d'Héliogabale.) A genoux tous les deux! (Il étend les mains sur eux.) Au nom du Ciel, soyez unis dans cette vie et dans l'autre, et que Dieu bénisse les fruits de votre union!... Allez, soyez en paix!

(Ils se relèvent.)

HÉLIOGABALE, à part.

Enfin, elle est à moi !... (Haut.) Viens, viens, Marcia, sous le toit sacré de ton époux. (A part.) Et vous, chrétiens, bientôt vous connaîtrez Pharès!

(Ils sortent.)

SCÈNE IV

Les Chrétiens, LE VIEILLARD.

LE VIEILLARD.

C'est ici, frères, qu'Alexandre et Probus doivent nous rejoindre pour s'entendre avec nous. Tous deux, il est vrai, sont idolâtres, mais aujourd'hui nous ne pouvons rien sans leur secours; ils nous sont indispensables pour accomplir nos grands desseins. Si Probus et Alexandre ne sont pas chrétiens, ils possèdent du moins une volonté ferme, leur honneur est sans tache, et jamais ils ne trahiront le mystère de nos retraites; ils l'ont juré sur la foi du serment. Leur but est le nôtre... renverser le despotisme d'Héliogabale; nous unirons nos bras aux leurs, et nous frapperons ensemble... Peu d'entre nous connaissent l'empereur, et c'est Probus qui doit le désigner à nos coups. En est-il parmi vous qui désapprouvent mes résolutions?

UN CHRÉTIEN.

Non, frère, partout nous te suivrons... Dans ta longue et pénible carrière, jamais encore tu n'as failli; en t'obéissant toujours, nous sommes sûrs de n'accomplir que nos devoirs.

LE VIEILLARD.

Frères, si j'ai souffert dans la vie, aujourd'hui j'en suis récompensé; mais voici Probus et Alexandre.

SCÈNE V

LES MÊMES, PROBUS, ALEXANDRE.

PROBUS.

Chrétiens, si nos croyances diffèrent, nous avons tous des cœurs d'homme pour exécuter la même œuvre. C'est votre liberté, la nôtre, celle du monde, qui sont en cause : vous êtes persécutés, proscrits, lapidés, jetés dans les cirques ; nous, après une longue vie de combats et de sacrifices... nous ne recueillons que la raillerie et l'insulte. Il est temps de frapper ceux qui nous oppriment. Secondez nos efforts, notre victoire doit vous assurer la délivrance et des temples à votre dieu.

ALEXANDRE.

Oui, chrétiens... ainsi que Probus, Alexandre vous le jure : après le triomphe, pour vous plus de souffrances, plus de persécutions... vous pourrez librement adorer votre dieu et quitter ces tristes catacombes pour lui consacrer vos temples à la face du ciel.

LE VIEILLARD.

Nous marcherons tous avec vous, quand l'heure du combat sera venue.

PROBUS.

Soyez donc prêts, car toutes nos mesures sont prises pour demain. Une partie de la garde prétorienne occupera les abords du Cirque, l'autre gardera l'Arsenal ; Varix, à la tête des prisonniers de guerre, veillera sur le Forum ; Alexandre et ses nombreux amis attendront au temple de Vesta... Vous, chrétiens, votre place est sur l'Aventin et dans le haut de la ville, sur la rive gauche du Tibre ; moi, vers la fin du jour, je dois aller au Forum faire un appel au peuple ; si je succombe, que ma mort ne vous arrête pas : l'énergie et la foi vous suffiront pour triompher sans Probus. Comme ralliement, vous aurez ces deux mots : Christ et liberté. A la nuit tombante, une flamme au sommet du Capitole servira de signal. Dès qu'elle aura brillé, levez-vous en masse, marchez sur le palais impérial... et la victoire... alors...

(Grand bruit ; irruption de gardes conduits par un Centurion.)

SCÈNE VI

LES MÊMES; UN CENTURION, GARDES.

LE CENTURION.

Au nom de l'empereur, que personne ne s'échappe d'ici! Soldats, gardez toutes les issues.

(Les Soldats obéissent.)

ALEXANDRE.

Trahis!... que faire?

PROBUS, tirant son glaive.

Eh bien, résister ou mourir!

LE CENTURION.

La résistance est impossible, nous avons la force du nombre.

PROBUS, avec feu.

Qu'importe le nombre!

LE VIEILLARD, s'approchant du Centurion.

Si vous êtes venus pour massacrer des chrétiens... frappez, nous sommes sans armes; mais respectez du moins ces deux Romains, ils ne partagent pas nos croyances... Quant à nous, notre vie vous appartient, nous sommes prêts à mourir... N'est-ce pas, frères?

LES CHRÉTIENS.

Tous!... tous!...

(Les Soldats enveloppent les Chrétiens.)

LE VIEILLARD.

Frères, prions!

(Tous s'agenouillent.)

ALEXANDRE.

Soldats, oserez-vous frapper des hommes sans défense?

PROBUS.

Romains, n'êtes-vous tous que des lâches?

(Le Centurion, irrité, se jette sur Probus; mais au moment de le frapper, il s'arrête et reste immobile.)

LE CENTURION.

Probus... mon ancien général!

PROBUS.

Toi, Caïus! mon vieux centurion! Depuis quand remplis-tu l'office de bourreau?

LE CENTURION.

Fuyez, fuyez, Probus! il en est temps encore; fuyez tous deux!

PROBUS.

Moi, fuir! jamais.

ALEXANDRE, à Probus.

A quoi bon, Probus, un dévouement stérile? Vous tombé, notre cause est sans chef... Ici, votre mort est inutile... Songez que demain il faut que vous soyez au Forum.

LE CENTURION.

Hâtez-vous, le temps presse, et Hiéroclès attend.

PROBUS, vivement, au Centurion.

Mais ne peux-tu pas laisser fuir aussi ces chrétiens inoffensifs? Les laisseras-tu tous égorger comme un troupeau vil?

LE CENTURION.

S'il en échappe un seul, ma tête en répondra; Probus, j'expose ma vie pour sauver la vôtre, je ne puis rien de plus.

ALEXANDRE.

Eh bien, Probus, venez; les conjurés ont mis en vous tout

leur espoir; vous êtes responsable du salut de l'entreprise. Songez que votre mort, utile demain, serait funeste aujourd'hui... Songez aux désastres qu'elle pourrait entraîner, et n'oubliez pas que c'est de vous qu'on attend demain le premier signal.

PROBUS.

O liberté!... à quelle épreuve tu m'as condamné! Il faut partir, mais demain ces victimes seront vengées!

LE CENTURION, brusquement, à Probus et à Alexandre.

Suivez-moi tous deux.

(Ils sortent.)

LE VIEILLARD, se levant, chante:

Quand le chrétien succombe,
Il jette un cri de liberté.
Frères, pour nous la tombe
Est le berceau de l'immortalité!

(Les Chrétiens répondent en chœur. — Le Centurion revient pendant qu'ils chantent. Il fait un signe aux soldats; les glaives se lèvent pour frapper. Les chants ne cessent que lorsque la toile est tombée.)

FIN DU DEUXIÈME ACTE

ACTE TROISIÈME

LES DIEUX LARES

Le théâtre représente l'Atrium. Trois portes : une au fond du théâtre, et deux latérales. A gauche, une table ; quelques siéges.

(Au lever du rideau, Probus, accoudé sur la table, est endormi ; sur la table, son glaive et une lampe qui s'éteint lentement. Le jour n'est pas encore venu.)

SCÈNE PREMIÈRE

PROBUS ; VARIX, prisonnier de guerre, DÉLIUS, esclave d'Etat, tous deux au service d'Alexandre. Ils entrent avec précaution.

DÉLIUS.

Le vieux Probus sommeille encore, la tête appesantie sans doute par ses travaux de la nuit.

VARIX.

Respectons son sommeil et attendons... Ah ! celui-là ne dort pas toujours... Il a passé bien des nuits dans l'insomnie et la douleur, et si Rome possédait quelques milliers d'hommes fermes et dévoués comme lui, elle serait vite affranchie du joug des empereurs.

DÉLIUS.

Tu me rappelles une vague rumeur qui circule dans Rome : on parle d'un complot tramé par Probus et les siens, et où notre maître Alexandre lui-même...

VARIX, l'interrompant.

C'est vrai, Délius ; pourquoi t'en ferais-je un mystère, à toi, mon frère d'esclavage et d'infortune... Je suis convaincu d'avance que ta bouche sera muette... (Délius fait un signe d'assentiment.) Je puis donc t'apprendre qu'en effet, une grande conspiration se prépare depuis longtemps, et que bientôt doit commencer la lutte.

DÉLIUS.

Ainsi, tu fais partie du complot qu'organisent nos maîtres?

VARIX.

Oui, je conspire avec eux; et comme moi, chaque soir, un grand nombre de prisonniers de guerre se réunissent en secret et nourrissent l'espérance d'être bientôt rendus à leur patrie. (Avec attendrissement et lentement.) Oh! quand reverrai-je la mienne? Quand pourrai-je saluer mes grandes forêts de la Gaule, et ces vieux rochers qui m'ont vu naître, et les plages sacrées de mon Océan... Oh! l'Océan, Délius! quel souvenir! toujours il m'a donné des larmes.

DÉLIUS.

Mais toi, Varix, tu peux succomber dans la lutte; moi, j'ai un moyen plus sûr d'être libre. Mes épargnes grossissent; dans quelques années, je l'espère, mon pécule m'affranchira.

VARIX.

Ton pécule, pauvre esclave! c'est avec de l'argent que tu songes à payer ta liberté; Ainsi, te voilà résigné à passer de longs jours, de longues années peut-être, dans une stérile attente... Déjà tes cheveux blanchissent, et tu auras un pied dans la tombe quand la liberté te sera rendue... Et puis, mon pauvre Délius, sais-tu ce qui peut advenir d'ici là? Si Alexandre mourait demain, à quel homme serions-nous vendus? peut-être à un patricien brutal et sanguinaire... et que deviendrait alors ton espérance? Moi, prisonnier de guerre, on me jetterait dans un cirque, sous les griffes d'un tigre.. toi, dans un étang, pour servir de pâture aux murènes. Entre nous deux, voilà toute la différence.. Pour moi, pris dans les batailles, le triste éclat d'une mort dans l'arène, aux cris bruyants d'une foule sans pitié... pour toi, pauvre esclave romain, d'une race opprimée de père en fils, un trépas obscur et vil dans les jardins d'un nouveau maître!... Oh! crois-moi, Délius, mon vieux compagnon de misère, quand on veut sa liberté, il ne faut pas craindre de jouer sa vie... Quand viendra l'heure du combat, lève-toi; si nous triomphons, à moi, ma patrie, à tous deux la délivrance... si nous succombons, eh bien! une mort glorieuse nous affranchira... Pour moi, désormais, la liberté est au bout d'un glaive!

(Le jour commence à poindre. Probus se réveille et se lève; les Esclaves silencieux et dans une attitude de respect.)

PROBUS.

Encore un jour de servitude qui se lève... oh! il faut qu'à tout prix Rome soit libre. (Il aperçoit les deux Esclaves.) Pourquoi Alexandre n'est-il pas encore venu? lui serait-il arrivé malheur?

VARIX, s'avançant; Délius reste en arrière.

Sans la protection des dieux et l'aide de son courage, votre vertueux ami n'aurait pu vous revoir.

PROBUS.

Que lui est-il donc arrivé?

VARIX.

Vous savez, Probus, qu'Héliogabale a en horreur tous ceux qu'on aime dans Rome. Les soldats, l'ordre équestre, les hommes intègres du Sénat, ont pour notre maître une respectueuse amitié... mais, en revanche, il est détesté par l'empereur... Cette nuit, après vous avoir quitté, il marchait seul vers son palais, lorsque des misérables, soudoyés par Hiéroclès, se jetèrent sur lui pour le frapper; mais, voyant sa résistance énergique, ils ont pris la fuite... Alexandre n'a qu'une blessure légère, et quelques heures de repos lui suffiront... Ses lâches agresseurs se sont répandus en furieux par la ville, et ce matin, on peut voir les statues d'Alexandre renversées et souillées de fange, comme celles des tyrans tombés.

PROBUS.

Je veux aller moi-même m'assurer si Alexandre...

VARIX, l'interrompant.

Inutile, Probus: Alexandre sommeille encore... et bientôt vous le verrez ici, car il lui tarde, comme à vous, d'en finir avec les hontes de l'empire... Quant à moi, Probus, vous le savez sans doute, je réponds de trois mille prisonniers de guerre, je les commande... et je suis prêt...

PROBUS.

Varix, ta bravoure m'est connue, et je sais que tu seras un des premiers au signal. Va, retourne auprès d'Alexandre, et dis-lui que je souffre comme lui des outrages dont il est victime.

(Les deux Esclaves s'inclinent et sortent.)

SCÈNE II

PROBUS, FAUSTA, nourrice de Marcia.

PROBUS, se promène avec agitation.

Le temps presse... les heures sont comptées... Il importe de prendre ses mesures... de se tenir prêt à tout événement... (A un Esclave.) Prévions Fausta. (L'Esclave s'incline et sort.) Il faut tout prévoir... si la main d'un traître me frappait avant l'heure, ce matin même, ma fille doit avoir un soutien... Alexandre l'aime, il est digne d'elle, et Marcia ne peut être qu'heureuse et honorée d'une telle union. Aucun obstacle de sa part ne s'opposera, je pense, au vœu de son père ; elle m'aime, elle me respecte, et accueillera dignement un choix que j'aurai fait... (Tristement.) O ma fille! depuis bien longtemps toi seule es ma joie, dans cette époque de larmes et d'ignominies. (A Fausta qui entre.) Fausta, dis à Marcia que je l'attends.

FAUSTA, avec embarras et hésitant.

Maître...

PROBUS.

Eh bien! n'as-tu pas entendu mon ordre?

FAUSTA.

Si, maître... mais je ne sais comment vous dire...

PROBUS, avec impatience.

Qu'est-ce? parle...

FAUSTA.

Toute la nuit j'ai attendu en vain... Marcia n'est pas rentrée.

PROBUS.

Quoi!... Marcia... n'est pas rentrée? es-tu bien sûre de tes paroles? Ma fille absente!... où est-elle allée? Pourquoi est-elle sortie? le sais-tu? parle... parle donc!

FAUSTA, tremblante.

Oui, maître, puisque vous l'ordonnez... mais, me pardonnerez-vous, si je vous apprends...

(Hésitant encore.)

PROBUS.

Mais tu vois bien que ma patience est à bout!

FAUSTA.

Eh bien! maître... Marcia a embrassé la foi nouvelle, et souvent le soir elle assiste à la réunion des chrétiens, aux catacombes.

PROBUS.

Aux catacombes? Cette nuit... ma fille... aux catacombes? Que dis-tu, Marcia?... est-ce possible... sortie cette nuit? cette nuit même.

FAUSTA, très-agitée.

Oui, maître... mais qu'avez-vous? vous me faites frémir!

PROBUS, *sans lui répondre, d'une voix haletante.*

Oh! c'est affreux! affreux!... Marcia... ma fille, a été massacrée!

FAUSTA, *égarée.*

Massacrée!

PROBUS, *toujours sans lui répondre.*

Massacrée!... à l'heure sans doute où je fuyais comme un lâche!... Oh! Marcia! Marcia!

FAUSTA.

Oh! maître, vous m'épouvantez!... tout n'est pas perdu, peut-être... On ne frappe pas une femme... on l'aura reconnue... on ne tue pas ainsi la fille d'un sénateur... et bientôt, sans doute, Marcia elle-même...

PROBUS, *avec une douloureuse ironie.*

Ah! la fille d'un sénateur!... ils l'auront tuée la première, s'ils l'ont reconnue!... pour eux rien n'est sacré, ni le sexe ni l'âge... O ma fille! mon seul espoir sur la terre!... tu seras donc tombée avant moi!... Oh! c'est horrible! horrible!

(*Il tombe affaissé sur un siége, près de la table; il s'accoude et laisse tomber sa tête sur sa main.*)

FAUSTA.

Mais bien souvent on répand de faux bruits... et peut-être ces massacres...

PROBUS.

De faux bruits... ces massacres, moi-même, je les ai vus commencer: j'étais aux catacombes, et j'ignorais que Marcia fût chrétienne... j'ignorais que ma fille était là... Mais pourquoi ne m'as-tu rien dit, rien appris?... Et moi qui me reposais sur ta vigilance!... Qu'as-tu fait de ma fille, Fausta?... c'est toi qui l'as perdue!... (*Se levant.*) Oh! va-t'en, ta vue me fait mal. (*Fausta sort.*) O dieux, vous savez si j'ai souffert jusqu'à présent, si j'ai versé des larmes sur ma patrie esclave!... vous m'avez vu combattre au premier rang, et vous savez si jamais il y eut une tache à mon glaive, une souillure à mon cœur... Il ne me restait plus que ma fille chérie pour essuyer mes larmes et me sourire quelquefois... C'était la seule image qui me restât de sa mère, que j'avais tant aimée, et vous m'avez tout pris aujourd'hui!... Désormais le cœur du vieux Probus est vide... O dieux protecteurs! elle approche l'heure du grand combat!... que Rome soit libre, et faites de moi le premier martyr de sa délivrance!

SCÈNE III

MARCIA, PROBUS.

MARCIA, du dehors.

Mon père! mon père!

(Probus s'avance précipitamment vers la porte qui s'ouvre; Marcia apparaît, échevelée et presque nue.)

PROBUS, la prenant dans ses bras et la couvrant de baisers.

Ma fille!... est-ce toi?... Par quel miracle as-tu échappé au massacre?.. Comme tu es pâle, défaite!... mais il n'y a pas de sang sur toi... tu n'as aucune blessure, au moins?... Marcia... ma fille... parle-moi... de grâce!... Mais tu ne réponds pas?... Comme tes yeux sont hagards.. ta main tremblante!... (Il la conduit à un siége où elle tombe affaissée.) O ma fille! tu parais bien souffrir!... (A haute voix.) Fausta!

MARCIA, l'interrompant d'un geste et se levant à demi.

Non, non, personne... c'est inutile.

PROBUS, l'embrassant de nouveau.

O ma fille! tu m'es donc rendue!... Mais ce massacre, cet affreux massacre!... Comment as-tu échappé?

MARCIA, comme sortant d'un rêve.

Un massacre, dites-vous? ah! oui, je comprends!... le massacre!... je me rappelle... mes frères sont frappés tous!...

Oh! que ne suis-je morte avec eux!... ce massacre!... il me l'avait bien dit!

PROBUS.

Mais je ne te comprends pas... Il te l'a dit... qui donc?... qui donc?

MARCIA, avec égarement.

Qui?... lui, Héliogabale, l'empereur!

PROBUS.

L'empereur!... Parle, parle, Marcia! quel est cet affreux mystère?

MARCIA.

Affreux mystère en effet, mon père... Écoutez...

PROBUS.

Ah! que vais-je apprendre!

MARCIA.

Un jour je vis un jeune chevalier dont l'aspect me frappa. Plusieurs fois depuis il se trouva sur mon passage, et je ne pus me défendre d'être émue à son regard. Il était beau de visage, beau par le cœur; je l'aimai. Il se nommait Pharès. Ma religion nouvelle me défendait de m'unir à un idolâtre... lui, n'écoutant que son amour, se fit chrétien pour moi... Je le conduisis devant mes frères, sous la voûte sacrée des catacombes... Là, il reçut le baptême; le grand prêtre mit sa main dans la mienne et me dit: « Marcia, suis ton époux... » J'étais à lui... et ce matin, tous deux, nous devions venir nous agenouiller à vos pieds et vous demander de bénir notre union... Je suivis mon époux dans sa demeure... Oh! mon père, quelle honte! (Probus tressaille.) Le jour se levait radieux et calme... je contemplais avec un saint ravissement les yeux de Pharès fixés sur moi... quand lui, tout à coup, changeant de visage, et avec un rire infernal: « Pauvre folle, dit-il, tu ignores quel est Pharès... c'est Héliogabale, c'est l'empereur; et à cette heure, tes frères, qui nous ont unis, dorment tous d'un sommeil dont pas un ne s'éveillera... » Alors il fit un signe... un flot de courtisans se pressa autour de son lit, et lui, d'un air insolent et railleur : « Saluez, saluez la fille de Probus, ma nouvelle courtisane! »

PROBUS.

L'infâme!

MARCIA.

Et je n'avais pas d'armes!... Tous les regards m'insultaient, je ressentis au cœur une douleur affreuse, comme si j'allais mourir... mais la honte me donna des forces... je m'arrachai brusquement de son lit et sortis du palais.

PROBUS.

Et tu reviens, apportant le déshonneur dans ma maison!... le Tibre n'était donc pas sur ton passage?... O Héliogabale! tu viens d'accomplir ton dernier attentat!... (Avec accablement.) Le nom des Probus avait traversé les siècles pur et sans tache; Rome vénérait notre famille; nous étions ses fils les plus chers, les plus respectés!... et voilà que notre nom est flétri pour jamais!... Ah! fille ingrate! sois maudite!... Adieu! adieu!

(Il se dispose à sortir.)

MARCIA, le retenant par le bras et tombant à ses genoux.

Maudite!... Oh! mon père! ne me maudissez pas!... le souvenir de ma mère est-il effacé de votre cœur?

PROBUS.

Ta mère! elle fut toujours vertueuse et soumise... toi, tu as embrassé la foi chrétienne sans me rien dire... Tu as disposé de ta main sans avoir mon consentement... laisse donc là le souvenir sacré de ta mère... tu n'as pas le droit de l'invoquer... Si tu n'eusses pas été une fille insoumise, aujourd'hui tu n'aurais pas la honte des larmes, et le nom des Probus ne serait pas entaché pour jamais... Les femmes comme ta mère n'écoutaient que la volonté de leur famille, et toi, tu n'as pas craint de braver l'autorité d'un père!

MARCIA.

Oh! grâce et pitié, mon père!.. vous vouliez faire de moi l'épouse d'Alexandre. . il est idolâtre, et ma religion m'ordonne de tout affronter, la mort elle-même, plutôt que de commettre un sacrilége!... J'ai fait selon mon cœur, et j'ai obéi à ma religion... Oh! mon père! mon père! ne me maudissez pas!

PROBUS, lui tendant son glaive.

Alors, prends ce glaive, et sois Romaine!

(Marcia prend le glaive comme pour se frapper, puis s'arrête soudain et laisse tomber le glaive.)

PROBUS.

Marcia survivra-t-elle à sa honte? Lucrèce autrefois demanda elle-même le glaive à son père.

MARCIA.

Lucrèce!... elle n'était pas chrétienne... elle a eu la force de mourir; moi, j'aurai la force de vivre. Dieu me défend de me frapper; je vivrai pour accomplir ses desseins. (Probus garde un morne silence; elle retombe à genoux.) Oh! mon père, ne suis-je donc plus votre fille? Croyez-vous que la mort m'épouvante? ma souffrance est bien plus affreuse que la mort; n'aurez-vous pas un seul mot de pitié pour Marcia... (Avec dignité, et se relevant.) Son âme est sans tache!

PROBUS.

Il est des hontes qui ne s'effacent pas, des douleurs pour lesquelles toutes consolations sont vaines; adieu, Marcia, adieu!

MARCIA, le retenant de nouveau.

Oh! mon père... une parole, un regard pour votre fille avant de la quitter pour jamais, peut-être... Lui refuserez-vous le baiser d'adieu?

PROBUS, se couvrant le visage de ses mains.

Je sens que mon cœur se brise... O mes ancêtres, eussiez-vous pensé que ces murs, sanctifiés par vous, fussent un jour ainsi profanés!... qu'une femme dont les veines portent votre sang eût pu faire une pareille tache à votre nom!... O Lares sacrés de mes aïeux! adieu, adieu, notre pied désormais souillerait votre seuil!

(Au moment où il va sortir entre Alexandre.)

SCÈNE IV

LES MÊMES, ALEXANDRE.

PROBUS.

Ah! c'est vous, Alexandre, mon ami, mon seul ami!

ALEXANDRE.

Oui, votre ami, Probus... mais bientôt, je l'espère, un nom plus sacré...

PROBUS.

Mon fils! non... vous ne pouvez plus l'être.

ALEXANDRE.

Que dites-vous, Probus?... Mais quelle tristesse, quelle douleur dans votre voix! (Apercevant Marcia.) Marcia... quelle pâleur affreuse!... qu'est-il donc arrivé?

PROBUS.

Un crime de plus de votre empereur!

ALEXANDRE.

Je comprends, je comprends tout... Ah! Héliogabale, tu m'as ravi ma fortune et mes honneurs, tu m'as dépouillé de mon titre de césar, et j'ai souffert en silence quand tu ne frappais que moi. Mais aujourd'hui Alexandre se relève : tu ne souilleras plus nos filles et nos fiancées. (Tirant son glaive.) Je le jure par les dieux, je ne quitterai pas mon glaive avant que le tyran ne soit tombé!

PROBUS.

Tout est prêt pour la vengeance... Dans quelques heures je dois être au Forum, il me tarde de faire appel au peuple. Il est encore des hommes qui m'entendront .. Héliogabale, malheur, malheur à toi !... ce soir même tes victimes seront vengées.

(Tous deux sortent.)

MARCIA, se levant.

O toi qui règnes là-haut ! parfois, pour affranchir tes peuples, tu t'es servi de la main d'une femme ; Dieu des chrétiens, dispose de ma vie !

FIN DU TROISIÈME ACTE

ACTE QUATRIÈME

—

LE FORUM

—

Grand nombre de tables entourées de lits. Hommes et femmes buvant et mangeant. Quelques statues : celles de Bacchus et de Minerve.

SCÈNE PREMIÈRE

LUCILLA, PREMIER ROMAIN, DEUXIÈME ROMAIN, CONVIVES ; beaucoup sont couronnés de fleurs.

PREMIER ROMAIN.

Par les dieux ! on est heureux de vivre par une aussi belle journée ! Le ciel est bleu, les mets délicieux, les vins incomparables. O divin César ! sous ton règne fortuné, la vie passe au milieu des parfums et des fleurs ; par Vénus ! il me semble qu'aujourd'hui toutes les femmes sont belles !

LUCILLA.

Et vous, mes beaux Romains, vous me semblez tous brillants comme des Antinoüs.

DEUXIÈME ROMAIN.

Eh bien, Lucilla, conserves-tu toujours ton escorte de poëtes ? cet essaim d'adolescents à blonde chevelure, toujours plaintifs et roucoulants comme Properce et Tibulle...

LUCILLA.

Non, je suis fatiguée des poëtes, de ces affamés dont la bourse est vide, et j'ai pris en dégoût leurs fades apologies.

Mais voici Orestilla avec sa suite de gladiateurs, de philosophes et de jeunes patriciens ruinés ou destinés à l'être bientôt... Salut, Orestilla !

QUELQUES ROMAINS.

Salut à la belle Orestilla !

SCÈNE II

LES MÊMES, ORESTILLA et SA SUITE.

PREMIER ROMAIN, à Orestilla.

Orestilla, quel est aujourd'hui le préféré ?

ORESTILLA.

Pas toi, mais ce petit rêveur à figure jaune et triste qui paraît à nos festins pour la première fois.

UN AUTRE.

Et tu l'as rencontré ?

ORESTILLA.

Ce matin, évanoui sur le seuil de ma porte ; je lui ai prodigué tous mes soins, je l'ai ranimé, réchauffé... et quand la vie lui est enfin revenue, il est tombé à mes genoux. Je m'attendais à un superbe dithyrambe... pas du tout ; il a ouvert la bouche et n'a rien pu dire... Il me voit sans doute dans ses rêves, depuis son arrivée à Rome, et je me suis laissée toucher par cet amour mystique et silencieux... Il est temps que le pauvre enfant goûte un peu des joies réelles... et je le prends aujourd'hui.

UN ROMAIN.

Il est donc riche ?

ORESTILLA.

Immensément.

UN AUTRE.

Toujours sensible, Orestilla... Et le nom du beau soupirant ?

ORESTILLA.

Un nom peu vulgaire... Aquaticus.

LE ROMAIN.

En effet, le nom me semble assez rare.

ORESTILLA.

Salue, Aquaticus! (Aquaticus salue gauchement; elle lui prend la main.) Mais il est temps de prendre part au festin.. voici deux places vides. (Elle s'assied près de lui et reprend.) C'est un petit Germain sorti récemment de ses marais brumeux, un jeune philosophe envoyé par son père aux écoles de Rome.

UN AUTRE.

Il ne pouvait tomber entre meilleures mains.

ORESTILLA.

J'ose le croire.

UN ROMAIN, à un autre.

Tiens, vois donc Sporus; (Il désigne une table.) hier encore, il n'avait sur l'épaule qu'un vieux haillon troué; à présent, il est vêtu comme un roi... Sais-tu d'où vient cette fortune soudaine?

L'AUTRE.

Oui; il a livré sa sœur à Zoticus, le favori de l'empereur.

UN AUTRE.

Ah! c'est un temps heureux pour les chefs de famille; on s'enrichit promptement.

UN AUTRE.

Eh bien! quel bruit fait-on courir? Qu'Alexandre a failli être massacré par les gardes d'Héliogabale; c'est sans doute un mensonge infâme comme tant d'autres.

SON VOISIN.

Personne, je crois, à Rome, ne regretterait Alexandre. Est-il ennuyeux, ce farouche stoïcien ! nos plaisirs semblent lui peser, et son triste visage insulte à nos banquets. Je plains Héliogabale d'avoir un tel cousin... Entre eux quelle différence ! autant je déteste Alexandre, autant j'aime Héliogabale.

PREMIER ROMAIN.

Moi aussi, et je ne comprends pas qu'on puisse calomnier notre divin empereur. C'est le plus charmant qui soit monté sur le trône des Césars. Quels banquets il nous donne ! quelles fêtes chaque jour ! aucun prince encore n'avait su traiter son peuple si dignement. Vive Héliogabale ! je bois à lui cette excellente coupe de falerne.

VOIX NOMBREUSES.

Vive Héliogabale !

DEUXIÈME ROMAIN.

Quelle somptuosité dans son palais ! qui oserait se plaindre? quelles dépenses multipliées ! Est-il dans Rome un seul trafiquant qui ne doive à Héliogabale un accroissement de prospérité ? Rien n'interrompt ni l'échange ni la vente ; on achète partout ; c'est l'âge d'or. Ah ! vive l'empereur et ses riches patriciens!

PREMIER ROMAIN.

Sais-tu bien qu'Héliogabale est le premier qui, pour sa table, ait employé des étoffes d'or ?

DEUXIÈME ROMAIN.

Ah ! en fait de luxe et de plaisirs, on n'en trouverait pas un pareil. Il est jeune, et beau comme Pâris... et corrompu déjà comme un vieillard.

PREMIER ROMAIN.

Ma foi, l'empire du monde ainsi gouverné me plaît fort ; pas de peines, pas d'inquiétudes, pas de guerres... ne rien faire, et être nourri aux dépens des riches.

DEUXIÈME ROMAIN.

Et avoir le divin César pour grand ordonnateur de nos festins; quel progrès sur nos devanciers! Eux se bornaient à crier : « Du pain et des cirques! » Des banquets et des fêtes comme les nôtres, à la bonne heure! Que fallait-il à nos modestes aïeux? Quelques bêtes et quelques gladiateurs? (Rires.) C'était l'enfance de l'art.

PREMIER ROMAIN.

Ah! je me souviens toujours avec ravissement du bel épisode de l'an passé : cette bataille navale dans un cirque rempli de vin. Chaque fois que j'y pense, je ne puis m'empêcher de me sentir pour Héliogabale de l'amour dans l'âme. Je bois double rasade à sa précieuse santé. Puissent les dieux nous le conserver longtemps pour le bien et l'honneur des Romains!

(Il boit.)

DEUXIÈME ROMAIN, buvant comme lui.

Je suis ton exemple, et j'applaudis à tes vœux. En effet, c'était merveilleusement beau! (Rires.) et bon surtout. Notre vaisseau sombra des premiers. Il est vrai que nous l'avions habilement préparé : il ne lui fallut qu'un choc.

PREMIER ROMAIN.

Comme nous nagions, dans cette mer de vin!

DEUXIÈME ROMAIN.

Quelles délices, dans ce rouge océan! et comme nous bûmes!

PREMIER ROMAIN.

J'en fus malade quinze jours au moins.

DEUXIÈME ROMAIN.

Moi, je faillis en mourir; mais, n'importe, dussé-je y laisser ma vie, je voudrais qu'une pareille solennité recommençât.

PREMIER ROMAIN.

Solennité, en effet, et qui dut coûter cher au trésor public!

(Ici on voit passer au fond du théâtre des jeunes filles enchaînées, escortées de soldats.)

DEUXIÈME ROMAIN, se retournant au bruit des chaînes.

Mais j'entends un bruit de chaînes... Vois donc ces pâles jeunes filles escortées de soldats... où vont-elles si tristement?

PREMIER ROMAIN, après s'être détourné pour regarder derrière lui.

Quelques folles chrétiennes qu'on mène au Cirque. Ne faut-il pas faire manger nos lions et nos panthères? Oh! ils doivent de la reconnaissance à Héliogabale. Jamais empereur ne les a mieux nourris : un jour ne passe pas sans qu'on ne leur jette une proie nouvelle. Puisque nos lions et nos panthères aiment la chair des chrétiens, il faut bien qu'on leur en donne... Laissons passer les victimes, et buvons encore à l'empereur.

(On entend encore une plainte, puis plus rien.)

DEUXIÈME ROMAIN.

Eh bien! si nous attaquions ce hachis de poisson : c'est un plat d'empereur! (Il se sert, et mange.) Bon! excellent!... délicieux!

PREMIER ROMAIN.

C'est la seconde fois que j'en mange, et je partage ton goût. J'en mangeai pour la première fois l'an passé, quand j'allai conduire ma fille au palais. On me servit donc de ce hachis de poisson; et comme je m'extasiais sur la saveur d'une telle préparation, on me dit que l'empereur lui-même en avait eu la première idée... Héliogabale, notre joyau d'Orient, s'occupe de tout, et ne sait rien négliger.

DEUXIÈME ROMAIN.

A l'exception des sottes affaires qu'on nomme affaires d'État; d'ailleurs, à quoi bon?

PREMIER ROMAIN.

Puisque c'est un plat inventé par l'empereur, une répétition...

(Il se sert de nouveau.)

DEUXIÈME ROMAIN.

Ah! il connaît à fond l'art culinaire...

PREMIER ROMAIN.

Te rappelles-tu ce plat dont nous mangeâmes les reliefs dans les cuisines du sénateur Priscus?

DEUXIÈME ROMAIN.

Cette chose exquise qui invite à aimer?...

PREMIER ROMAIN.

Tu l'as dit. O touchant souvenir! En avons-nous aujourd'hui?

DEUXIÈME ROMAIN.

Oui, là-bas; tiens, en face du gladiateur Festus. Si tu en veux, cours vite; car je crois qu'on l'a déjà rudement attaqué.

(Le deuxième Romain se lève et s'approche de Festus pour prendre le plat.)

FESTUS.

Arrière! impudent : ce plat m'appartient.

DEUXIÈME ROMAIN.

C'est-à-dire, appartient au peuple romain... et j'en aurai ma part.

FESTUS.

Ta part? Est-ce que je me dérange, moi, pour aller prendre ce qu'on t'a servi?

DEUXIÈME ROMAIN.

Mais, beau Festus, tout ce que nous avons là-bas est aussi pour toi. Que veux-tu en échange?

FESTUS, moins brusquement.

Qu'avez-vous?

DEUXIÈME ROMAIN.

Mais... des faisans sauce Apicius; des crêtes de coq façon Lucullus; un plat rare de langues de paon et de rossignol, particulièrement recommandé par Vitellius comme préservatif contre l'épilepsie.

FESTUS, d'un air indifférent.

Moi, dans ce moment-ci, je mange d'un turbot assaisonné d'après les prescriptions du Sénat.

DEUXIÈME ROMAIN.

Jamais le Sénat ne rendit meilleur décret... Quel vin boit-on par ici?

FESTUS.

Du vin de rose et d'absinthe.

DEUXIÈME ROMAIN.

Mais, beau et délicat Festus, je ne vois pas auprès de toi de hachis de poisson...

FESTUS.

Non, par Jupiter! et si tu veux en apporter...

DEUXIÈME ROMAIN.

Alors, laisse-moi prendre...

FESTUS.

Oui.

DEUXIÈME ROMAIN.

Viens avec moi, tu prendras le hachis.

FESTUS.

C'est convenu.

(Tous deux se lèvent; le deuxième Romain emporte le plat, Festus va prendre le sien.)

SCÈNE III

LES MÊMES, HIÉROCLÈS.

HIÉROCLÈS.

Eh bien, mes amis, la vie passe-t-elle gaiement? Êtes-vous satisfaits de l'ordonnance du festin? Les viandes sont-elles bonnes?

UN ROMAIN.

Excellentes.

HIÉROCLÈS.

Les vins bien choisis?

UN AUTRE.

Tous de riche couleur et d'un parfum délicieux.

HIÉROCLÈS.

Et le poisson bien préparé?

UN ROMAIN.

Jamais il ne fut meilleur.

HIÉROCLÈS.

Je vous apporte une bonne nouvelle... L'empereur, jaloux de votre bien-être, va venir à l'instant... Il veut s'asseoir au milieu de vous et prendre sa part du festin. (Cris nombreux de « Vive Héliogabale! ») Que, pour un instant, quelques-uns d'entre vous quittent leur table et s'approchent... (Plusieurs obéissent.) J'avais à vous dire, mes bons et joyeux amis, que des bruits vagues de sédition se répandent dans Rome. Quelques insensés menacent, dit-on, la vie de votre empereur et votre félicité commune. Des chrétiens, des sénateurs, des esclaves, des soldats égarés, paraîtraient mécontents au point d'organiser un complot. Leurs mesures seraient prises. Déjà nous nous sommes défaits d'un grand nombre de chrétiens; Alexandre est fortement soupçonné, et je me défie du vieux Probus... Nous n'avons encore recueilli que des rumeurs vagues, sans quoi, depuis longtemps, on eût fait justice de ceux qui menacent de troubler votre joie. Continuez vos plaisirs, qui se renouvelleront souvent, mais ne perdez pas de vue ceux qui oseraient vous provoquer... Ceux-là, ne craignez pas de les frapper. (Signes nombreux d'assentiment.—Changeant de ton.) Il est vraiment étrange qu'on ose se plaindre : tout n'est-il pas pour le mieux? chaque jour n'a-t-il pas ses fêtes? Je ne puis comprendre qu'il y ait toujours quelques têtes folles qui ne songent qu'au renversement des trônes; et pourtant, depuis l'entrée d'Héliogabale à Rome, soucis et chagrins ont fui à tire d'aile... S'il nous faut plaindre ceux qui ne savent pas être heureux, veillons du moins à ce qu'ils ne troublent pas le bonheur des autres.

UN ROMAIN.

Illustre Hiéroclès, l'empereur peut compter sur le dévouement du peuple romain.

UN AUTRE ROMAIN.

S'il le faut, nous le défendrons tous!

VOIX NOMBREUSES.

Vive Héliogabale

(Bruit de clairons; Hiéroclès se lève.)

HIÉROCLÈS.

Voici déjà l'empereur.

(L'Empereur, dans une litière portée par des esclaves; devant, une blanche et une Nubienne; derrière, deux beaux adolescents, dont l'un est blanc, l'autre noir; ils déposent à terre la litière et s'agenouillent devant l'Empereur qui en descend. Suite de femmes. Dans le fond, des gardes. Héliogabale porte un riche costume oriental : tunique de pourpre et chlamyde bleue à étoiles d'or.)

SCÈNE IV

Les Mêmes, HÉLIOGABALE.

(A l'arrivée de l'Empereur, cris nombreux de : *Vive Héliogabale! gloire à l'Empereur Fortune à César!*)

HÉLIOGABALE, le sourire aux lèvres.

Qu'on me donne une coupe remplie jusqu'aux bords. (Hiéroclès présente une coupe à l'Empereur, qui continue.) Amis, je bois à l'éternité de vos plaisirs.

(Cris nouveaux : *Vive César! vive l'Empereur!*)

HÉLIOGABALE, continuant.

Mais la fête commence à peine, et bientôt doivent arriver mes gladiateurs et mes nouvelles danseuses d'Ionie, toutes jeunes et belles. Quel est parmi vous le buveur le plus renommé? Par Bacchus! je veux jouter avec lui.

PLUSIEURS VOIX.

Festus! Festus!...

HÉLIOGABALE.

Eh bien! Festus, lève-toi.

FESTUS.

Prince, la victoire est assurée d'avance; vous êtes justement célèbre, et ma faible renommée de buveur ne s'étend guère au delà d'un petit cercle d'amis trop bienveillants pour moi.

HÉLIOGABALE.

Viens toujours... et qu'on apporte de plus vastes coupes.

(On obéit.)

HIÉROCLÈS, bas, à Festus.

Prends garde... laisse-toi vaincre... la victoire te coûterait cher.

FESTUS.

J'ai déjà été provoqué par l'empereur, et jamais je n'ai triomphé.

HÉLIOGABALE.

Qu'on remplisse les deux coupes! (On les remplit.) Voici la mienne. (A Festus.) A toi celle-ci.

(Héliogabale, tenant sa coupe, chante.)

PREMIER COUPLET.

Mes amis, faisons bonne vie.
Au loin les débats ennuyeux;
Des vertus laissons la folie
A nos tristes aïeux.
De nos jours, si par occurence,
S'assemble le sénat romain,
C'est pour émettre une sentence
Sur une coupe de vieux vin.

(Les quatre derniers vers se répètent en chœur.)

DEUXIÈME COUPLET.

Nous avons des fleurs sur nos têtes,
De belles vierges dans nos bras;
Que nous importent les conquêtes
Et le bruit des combats!
Là, n'est plus aujourd'hui la gloire
Qui sied à l'empereur romain;
Et s'il aspire à la victoire,
Sénateurs, c'est la coupe en main.

(En chœur les quatre derniers vers. Le chant fini, ils boivent coup sur coup; bientôt Festus chancelle.)

FESTUS.

Victoire à l'empereur!... (Il s'approche de la statue de Minerve et lui tend sa coupe.) Minerve... à toi le fond de ma coupe... (La coupe tombe, Festus s'affaisse sur lui-même et dit) : Victoire à l'empereur!...

HÉLIOGABALE, radieux.

J'ai vaincu Festus...

HIÉROCLÈS.

Festus vaincu par l'empereur !... Romains, vive l'empereur !

CRIS NOMBREUX.

Vive l'empereur ! vive l'empereur !

SCÈNE V

Les Mêmes, ZOTICUS.

ZOTICUS, *accourant ; bas et rapidement, à Héliogabale.*

Prince, Probus s'avance du côté du Forum. Il semble méditer des projets sinistres... Peut-être a-t-il appris l'aventure de cette nuit ; il est irrité... et la colère de Probus pourrait être dangereuse.

HÉLIOGABALE, *effrayé.*

Ah ! je payerais largement celui qui me débarrasserait de ce vieillard fanatique.

HIÉROCLÈS.

Prince, votre vœu s'accomplira ; je veillerai sur Probus, mais, je vous en supplie, point de courage imprudent de votre part. N'exposez à aucun péril la vie précieuse du divin César.

HÉLIOGABALE.

Tu as raison, Hiéroclès. (*Il élève sa coupe.*) Romains, je bois à vous tous.

(*Il fait un signe, on apporte sa litière ; il y monte et disparaît aux cris nombreux de* Vive Héliogabale ! il a vaincu Festus ! *A ce moment Probus arrive sur la scène.*)

SCÈNE VI

Les Mêmes, *moins Héliogabale ;* PROBUS.

PROBUS, *apercevant Festus étendu dans sa feinte ivresse ; avec mépris.*)

Voilà donc les exploits de l'empereur !... Belle victoire, en effet ; elle mérite vos applaudissements !

UN ROMAIN.

Toi, Probus, va porter ailleurs ton humeur chagrine; ta place n'est pas ici.

PROBUS.

Ma place est partout... partout où je puis démasquer les infamies d'Héliogabale.

UN AUTRE.

Je crois qu'on ose insulter l'empereur!

PROBUS.

Il est au-dessous de l'insulte, et ne mérite que le mépris.

UN AUTRE.

Amis, c'en est trop... souffrirons-nous...

(Il désigne Probus du doigt et s'avance vers lui avec plusieurs autres.)

LUCILLA.

Probus, un conseil : va-t'en.

PROBUS.

Romains, en est-il un seul parmi vous qui jamais ait eu quelque reproche à faire à Probus?... s'il en est un seul, qu'il se nomme!

(Silence d'un instant.)

UN ROMAIN.

Alors, va déclamer plus loin... car ici, il pourrait y avoir danger pour toi...

PROBUS.

Ma vie n'est rien... je suis venu parler à des Romains, et j'espère encore trouver de l'écho dans plus d'un cœur.

ORESTILLA.

Allons... le voilà qui commence... Grands dieux! qu'il nous laisse en paix!

UN ROMAIN.

Qu'il s'en aille!

UN AUTRE.

Comme si nous avions le temps d'écouter ses discours!

UN AUTRE.

D'ailleurs, il a pris en haine l'empereur... et moi je l'aime, l'empereur.

UN AUTRE.

Qu'importe?... laisse-le parler un peu... il nous divertira.

PROBUS.

Parmi vous, ne trouverai-je personne qui ait gardé dans l'âme un reste de pudeur?

ORESTILLA.

Magnifique début. Comme il vous flatte! vieux courtisan...

UN AUTRE.

Continue, Probus, ça promet d'être amusant.

(Malgré ces plaisanteries, quelques Romains s'approchent en silence et avec curiosité.

PROBUS, ferme, d'une voix digne et émue.

Est-ce bien ici qu'est le Forum? ici, qu'au retour de leurs grandes guerres, vos pères déposaient autrefois leurs trophées? Voilà donc tout le respect qu'on a gardé pour leur mémoire; et pourtant vous êtes bien leurs fils... (Ici quelques marques d'attention.) Chaque soir, quand vous rentrez dans vos demeures, les témoignages éclatants de leur grandeur passée brillent encore à vos regards. Les dépouilles glorieuses gagnées par eux dans les batailles, leurs casques, leurs boucliers, vous les avez encore!... (A l'un d'eux, couronné de roses.) J'ai vu chez toi la couronne civique de ton aïeul. (A un autre.) Toi, tu possèdes toujours la médaille d'or frappée en l'honneur de ton père. (A un autre.) Toi, tu dois te souvenir que ton oncle, mon ami et mon compagnon d'armes, a traversé cette place debout sur un char triomphal.

(*L'attention redouble.*) Parmi vous il en est encore qui portent les noms sacrés des Scipions, des Gracques, des Germanicus; et vous ne rougissez pas de venir en plein Forum étaler vos orgies! Vous entourez la vieille tribune aux harangues et d'histrions et de courtisanes! (*Avec une ironie amère.*) O maîtres du monde! que vous êtes changés! Quel profond oubli de vous-mêmes! Par qui vous laissez-vous gouverner, asservir? par Héliogabale... Sa vie est-elle donc un mystère pour vous? Tous ses jours ne sont-ils pas marqués par des vices, des infamies, des crimes? Dans sa vie privée, il se vantait d'imiter l'immonde Apicius; sur le trône, il a pris pour modèle Néron, Caligula, Vitellius, que le juste courroux du peuple a traînés tous dans la fange des gémonies... Et vous courbez la tête devant Héliogabale! fils d'un femme impure, d'une courtisane de haut rang!... Quel est son père?... on l'ignore. Élevé à l'empire par un enchaînement de circonstances funestes, il couvre les premières hontes de son enfance par le nom sacré d'Antonin. Ce nom n'est pas à lui; il n'y a aucun droit. A peine entré dans Rome, sans s'occuper ni du sénat, ni de l'armée qui l'attendaient, sans s'inquiéter des affaires de l'empire, sans penser au grand rôle que lui commandait sa dignité nouvelle, il consacre son dieu sur le mont Palatin, et pille tous nos temples pour ajouter à l'éclat du sien; sa main sacrilége ne respecte rien, ni l'image de la mère des dieux, ni le Palladium, ni le feu de Vesta. Voilà bientôt trois ans que dure son règne, et ce n'est qu'une longue suite d'impudicités. Parlerai-je de l'hiver qu'il a passé à Nicomédie?... Non, mon cœur se soulève... et s'il vous était donné de pénétrer dans son palais, vous le verriez, le visage peint, le corps frotté d'essences, jouer le rôle de Vénus dans la fable de Pâris. Rien de sacré pour l'infâme: il vend lui-même ou fait vendre par des esclaves, ministres de ses plaisirs, les honneurs, les dignités, le pouvoir!

QUELQUES ROMAINS.

Il dit la vérité.

PROBUS, *reprenant.*

La préfecture du prétoire est occupée par un danseur que tout Rome a pu voir exerçant son métier d'histrion.

UN ROMAIN.

Moi, je l'ai vu.

PROBUS.

Le cocher Gordius, l'ivrogne, est chef des gardes de la nuit.

UN AUTRE.

C'est vrai.

PROBUS.

Pour monter en dignités, pour arriver aux premières places de l'empire, il suffit aujourd'hui de plaire à Héliogabale par quelques infamies... Il a déshonoré le sénat en y faisant siéger sa mère... Les hommes les plus respectés dans Rome sont tombés sous ses coups : le vénérable Sabinus Ulpien, le grand juriste, l'intègre Salvinus... Alexandre, enfin, dépouillé d'abord de son titre de césar, a failli cette nuit même être assassins par ses gardes... Et moi, Romains, vous parlerai-je de mes souffrances de famille? Savez-vous ce qu'il m'a fait? il a souillé ma fille et flétri pour jamais le nom des Probus. Romains! l'heure des réparations est venue; vos fiancées, vos sœurs, vos femmes, doivent enfin être vengées. Comme moi, criez : mort au tyran! et courez à vos armes.

QUELQUES-UNS.

Mort au tyran!

VOIX NOMBREUSES.

Vive Héliogabale!

PROBUS.

Allons, honte aux lâches! et à moi les hommes de cœur!

(Quelques-uns s'apprêtent à le suivre; arrive Hiéroclès.)

SCÈNE VII

LES MÊMES, HIÉROCLÈS.

HIÉROCLÈS, avec feu.

Eh bien! Romains, faut-il vous rappeler vos serments! Cet

homme insulte votre empereur... il vous prêche la sédition, et cet homme respire encore!...

PLUSIEURS ROMAINS, brandissant leur glaive.

Mort à Probus!... mort à Probus!...

PROBUS, avec force.

Frappez donc, si vous l'osez!

(Il jette son glaive. Un instant d'hésitation de la part des Romains.)

HIÉROCLÈS, les excitant du geste.

Ce vieillard vous fait-il peur?

(Il s'avance lui-même vers Probus; les Romains alors entourent Probus et le frappent.)

PROBUS, tombant.

Ah!... frappé au cœur!...

HIÉROCLÈS.

Bien! mes amis... bien... que votre fête continue...

(Il sort. Marcia accourt éperdue.)

SCÈNE VIII

Les Mêmes, MARCIA.

MARCIA.

Ah! mon père! mon père!... ils l'ont tué!

(Elle s'agenouille près de lui.)

PROBUS, soulevant sa tête, et d'une voix affaiblie.

O ma fille, ton vieux père succombe avant l'heure du combat! O Marcia! je n'avais qu'une pensée: Rome libre un jour, et ce jour sacré... je ne le verrai pas. Oh! ma fille, qu'il est triste de mourir ainsi!

MARCIA.

Mon père, vous serez vengé.

PROBUS.

Merci, merci, ma fille; je te bénis en mourant. La mort, peut-être, ce sont les dieux qui me l'envoient. Le sang d'un martyr fait naître des soldats. Marcia, prends mon glaive... il est là. (Elle le ramasse.) Qu'il te serve à me venger, et quand Rome sera libre, n'oubliez pas la tombe du vieux Probus... Adieu... ma fille... adieu... venge moi!

MARCIA.

Devant Dieu, j'en fais le serment.

PROBUS.

Ma fille, regarde: vois-tu briller une flamme au Capitole?

MARCIA.

Oui, mon père, une flamme éblouissante.

(Probus se soulève, fait un dernier effort et regarde.)

PROBUS.

Ah! c'est le signal... Ma fille, je meurs content... Adieu... adieu...

(Sa tête retombe; il expire.)

MARCIA, la main sur le cœur de Probus.

Oh! mon père... Son cœur ne bat plus... (Elle prend sa main.) Sa main est froide... (Elle le regarde.) Ah! plus de regard!... la mort... c'est la mort... Tout est donc fini pour toi, vaillant Probus!... (Après un instant de silence, elle se relève.) O mon père! ce matin tu m'as tendu ton glaive en me disant: « Sois Romaine! » Oui, je serai Romaine, (Elle brandit son glaive.) Romaine pour la vengeance; oui, j'accomplirai ton œuvre, je le jure sur ton corps sanglant. (Elle étend la main sur lui.) Avant demain, Rome sera affranchie du monstre qui la souille.

UN ROMAIN.

Qu'on emmène cette femme... sa douleur l'égare... elle est folle!

(Quelques Romains l'entourent comme pour l'arracher du corps de son père. Marcia se redresse fièrement, le glaive levé.)

MARCIA.

N'approchez pas, les morts sont sacrés!

(Les Romains s'arrêtent. Arrivent Délius, Varix, avec des prisonniers de guerre et des esclaves armés.)

SCÈNE IX

LES MÊMES; DÉLIUS, VARIX, PRISONNIERS, ESCLAVES.

VARIX.

Place aux esclaves! aujourd'hui leurs bras sont armés! Mort au premier qui touchera à la fille de Probus! (Les Romains s'écartent, étonnés. S'approchant du corps de Probus.) — O Probus! vieux soldat... ta vie tout entière fût consacrée à ta patrie; voilà donc où t'a conduit ton dévouement! Et c'est vous, Romains, qui avez frappé lâchement le défenseur de vos droits; et nous, nous, les esclaves... nous, méprisés si longtemps... Probus... c'est nous qui te vengerons. La foi nouvelle nous a régénérés; de l'esclave elle a fait un homme... Les vrais esclaves sont ceux qui se laissent asservir et corrompre. Vous, Romains, qui devriez marcher devant nous, vous saurez, demain, ce qu'ont pu faire ceux qu'on nommait des esclaves. (Il désigne le Capitole.) Amis, voilà le signal; marchons, marchons! Quand tombent les martyrs, la liberté se lève!

FIN DU QUATRIÈME ACTE

ACTE CINQUIÈME

—

LES GÉMONIES

—

Une salle du palais des Empereurs.

SCÈNE PREMIÈRE

HÉLIOGABALE, HIÉROCLÈS.

HÉLIOGABALE, agité.

Ainsi, Hiéroclès, ce n'est pas un faux bruit... on se révolte? Voilà donc comme le peuple est reconnaissant des fêtes que je lui donne... lui, qui tout à l'heure m'applaudissait encore!

HIÉROCLÈS.

Prince, le peuple vous est toujours dévoué, et je ne crois pas que vous puissiez avoir de craintes: ce sont des amis de Probus, des chrétiens, et une poignée d'esclaves qui s'agitent; quant à leur nombre, il ne m'inquiète guère.

HÉLIOGABALE, avec crainte.

Quand la foule se met en mouvement, le nombre grossit vite, et j'appréhende...

HIÉROCLÈS, vivement.

Prince, bannissez de vaines alarmes: il vous reste toujours votre garde syrienne et vos fidèles prétoriens. Leur courage et leur discipline vous mettent à l'abri de toute attaque insensée. On disperse facilement ces masses populaires qui se pressent confusément dans la rue. Nous les avons déjà repoussées dans un premier combat et refoulées loin du palais, comme un troupeau craintif.

HÉLIOGABALE.

Les masses populaires... souvent elles reculent d'abord... mais elles reviennent au combat, irritées, inexorables... Une fois déjà, comme des flots qui montent, elles ont envahi mon palais, et l'an passé, je sais qu'il m'a fallu obéir à leur voix... Toutes ces rumeurs, dis-tu, sont causées par la mort de Probus... Ah! pourquoi ai-je fait tuer Probus!... je donnerais mon palais pour que la vie lui fût rendue.

HIÉROCLÈS.

Probus était dangereux, prince, et il n'est plus à craindre; le bruit de sa mort sera passager; bientôt on l'oubliera... et, croyez-le, cette folle sédition sera vite étouffée.

HÉLIOGABALE.

Une folle sédition, Hiéroclès! si c'était une grande révolte! Le sol de Rome est bien mouvant... et ses quartiers sombres, ses faubourgs ténébreux, d'un seul coup vomissent des milliers d'hommes. Il suffit d'un signal, ils se répandent dans une heure sur tous les points de Rome, et ne rentrent dans leur premier repos qu'après avoir mis la main sur le trône... Ah! Hiéroclès, quand le torrent déborde, peut-on toujours l'arrêter?... Mais ne perdons pas en vaines discussions de précieux instants: veille à ce que mes ordres soient tous bien exécutés; que mes soldats ne manquent de rien; que leur paye soit doublée; que Zoticus ait l'œil partout... Va et préviens mes principaux sénateurs que je les attends; ils me seront utiles, car déjà je me sens faiblir et j'ai besoin de tous leurs conseils.

HIÉROCLÈS.

Prince, j'ai devancé vos désirs, j'ai averti le Sénat; il doit se rendre ici.

HÉLIOGABALE.

Alors, le danger est donc plus grand que tu ne l'avais dit?

HIÉROCLÈS.

Non, prince... mais il est bon de tout prévoir... Mais voici l'illustre Cœmias... moi, je vais donner mes ordres.

(Il sort.)

SCÈNE II

HÉLIOGABALE, CŒMIAS.

CŒMIAS.

Comme tu es agité, mon fils! aurais-tu le cœur moins ferme que ta mère?

HÉLIOGABALE.

Oh! ma mère! qui me l'eût dit? Votre fils, il y a trois ans à peine, faisait dans Rome son entrée triomphale aux applaudissements d'une foule enivrée... et maintenant cette même foule menace et son trône et sa vie... Oh! foule aveugle! ce qu'elle adore aujourd'hui, elle le brise demain.

CŒMIAS.

Oui, mon fils, bien mobile, bien inconstante en effet; mais avec d'adroites manœuvres, de vaines promesses, on la domine toujours. Mon fils, ne te laisse pas égarer par la crainte et ne tremble pas ainsi.

HÉLIOGABALE.

Ma mère! en cet instant suprême, je ne puis me défendre de songer à ceux qui m'ont précédé: Tibère, Néron, Vitellius, Caligula, cette longue suite de fantômes sanglants se déroule devant moi... toutes ces images funèbres m'épouvantent.

CŒMIAS.

Ceux-là, mon fils, n'étaient pas aimés comme toi de la jeunesse de Rome; et Caligula, quoiqu'il fût abhorré, un jour que la foule grondait autour de son palais, sut la dominer par un regard de mépris; il la calma soudain en lui donnant pour consul son cheval Incinatus, et toi, pourquoi trembles-tu?

HÉLIOGABALE.

Ma mère, je voudrais avoir votre calme... mais je crains, je frémis malgré moi... Si jeune, perdre la vie! une vie si belle! Oh! ma mère! si le danger est aussi grand que je le crois, que m'importent Rome et son trône! Notre chère Syrie n'est pas loin; un trajet de quelques jours seulement... et tous deux, comme autrefois, nous serions là-bas accueillis avec ivresse.

COEMIAS.

Mon fils oublie sans doute qu'il est empereur?... Fuir!... jamais... Il faut conjurer l'orage ou mourir debout sur son trône. Tu fuirais seul, ta mère restera.

HÉLIOGABALE.

Que ne suis-je encore sur mes belles plages de l'Asie... Prêtre du Soleil, heureux et tranquille comme autrefois; personne ne songeait à m'enlever ma couronne de fleurs.

COEMIAS.

Pourquoi ces regrets inutiles? est-il un seul trône à l'abri du danger? Mon fils, qu'on ne dise pas qu'Héliogabale a fui comme un lâche... S'il faut mourir, est-ce la souffrance que tu redoutes? Tiens, cette bague renferme un poison rapide qui tue sans douleur, et si le destin nous y force, voilà un moyen sûr d'échapper aux outrages et de succomber dignement.

SCÈNE III

LES MÊMES; PRISCUS ET QUELQUES SÉNATEURS.

HÉLIOGABALE.

Sénateurs, votre présence me rassure... vous êtes braves,

dévoués, et votre expérience me sauvera... Vous avez traversé une partie de la ville, vous avez pu voir la foule et entendre ses clameurs.

PRISCUS.

Oui, prince, et le péril augmente à chaque heure.

HÉLIOGABALE, *effrayé.*

Il augmente, n'est-ce pas? Oh! tous vos conseils, mes amis fidèles... Dans cette nuit d'alarmes, je ne puis rien sans vous. La vérité tout entière, ne craignez pas de me la dire... Le salut de l'empire en dépendra.

UN SÉNATEUR.

Il me semblerait indispensable que nos légions fussent concentrées autour du palais... Les combats partiels dans la rue les ont déjà décimées; il ne faut pas qu'un sang précieux soit inutilement répandu.

HÉLIOGABALE, *à un garde.*

Va, que cet ordre soit promptement exécuté.

UN AUTRE SÉNATEUR.

Quand la révolte éclate, il n'est qu'un moyen de la vaincre... la combattre sans pitié... Grâce pour personne... à l'émeute la terreur!

HÉLIOGABALE, *à un autre garde.*

Va, cours... Mais quel bruit étrange? Sénateurs, n'avez-vous rien entendu?

CŒMIAS, *courant à une fenêtre.*

Rien, mon fils, c'est le bruit d'un orage qui passe... le ciel, ce matin, si radieux, s'est tout à coup assombri.

PRISCUS.

Contre la sédition, la force est nécessaire, sans doute, mais je regarde comme un moyen plus sûr de rendre leurs anciennes faveurs à ceux qui sont aimés dans Rome. Que sans retard on proclame, devant la foule, qu'Héliogabale rend à son cousin Alexandre le titre de césar avec tous ses honneurs.

COEMIAS.

Quoi ! une pareille faiblesse ; non, non, rien ne presse encore... plus tard, s'il le faut...

HÉLIOGABALE.

Ma mère, notre vie, peut-être, ne sera sauvée qu'à ce prix... (Avec effroi.) Mais, écoutez... là... de ce côté.

(Il désigne la fenêtre.)

COEMIAS, l'ouvrant.

Mon fils, rien encore... Cette nuit, le Tibre a débordé... Ce n'est que le bruit de ses flots. (Bas et rapidement.) Sois donc ferme, du courage !

HÉLIOGABALE.

Ce bruit lointain est triste et funèbre comme la voix des mourants.

PRISCUS.

Prince, parmi les séditieux se trouvent un grand nombre de patriciens dépouillés de leur titre... promettez de tout leur rendre.

HÉLIOGABALE, tremblant.

Je promets tout !

COEMIAS.

Quand les concessions sont aussi rapides, un trône s'écroule vite. Mon fils, si vous rendez leur puissance à vos plus cruels ennemis, que deviendra la vôtre ?

UN SÉNATEUR.

Mais enfin les instants sont précieux, et rien encore n'est décidé... Moi, je me range de l'avis de Priscus.

TOUS LES SÉNATEURS.

Priscus a raison.

CŒMIAS.

Priscus exagère le péril... Jetez à la foule un million de sesterces, et vous verrez ce que deviendra sa grande colère.

HÉLIOGABALE.

Ma mère, votre confiance est aveugle. (A un garde.) Fais annoncer partout que je rends à Alexandre tous ses biens et tous ses titres, et en même temps tous leurs droits aux patriciens que j'ai dépouillés... Qu'on répande aussi mon trésor à pleines mains. (Bruit lointain ; Héliogabale est immobile de terreur.) Oh !... cette fois, j'ai bien entendu : écoutez, écoutez tous !

PRISCUS, effrayé.

Oui, cette fois, c'est le bruit des foules, mais lointain encore... Je vais m'assurer par moi-même. (Bas, aux Sénateurs.) L'émeute approche, sénateurs...

HÉLIOGABALE.

Mes fidèles sénateurs, vous ne me quitterez pas, et, quoi qu'il arrive, je puis compter sur vous?

LES SÉNATEURS, s'entre-regardant avec effroi, d'une seule voix.

Sur tous, prince...

(Le bruit arrive plus proche et plus distinct.)

SCÈNE IV

LES MÊMES, moins Priscus ; ZOTICUS.

ZOTICUS.

Prince, le bruit se rapproche... les conspirateurs sont déjà maîtres de la moitié de la ville... ils occupent tous les ponts du

Tibre... l'émeute gronde et grossit toujours... En vain j'ai fait proclamer tous vos ordres; partout on a répondu : « Il est trop tard. »

(Pendant que Zoticus parle, la moitié des Sénateurs se retire.)

HÉLIOGABALE.

Trop tard!... Il n'est donc plus d'espérance?

(Hiéroclès arrive blessé; le bruit augmente par intervalle.)

SCÈNE V

LES MÊMES, HIÉROCLÈS.

HIÉROCLÈS.

Prince, l'insurrection triomphe; la garde syrienne est dispersée, les prétoriens se replient, et, d'un instant à l'autre, on attaquera le palais.

(Le reste des Sénateurs disparaît.)

HÉLIOGABALE.

Que faire, alors?... la fuite seule...

SCÈNE VI

LES MÊMES; UN CENTURION.

LE CENTURION.

Le palais est enveloppé, on attaque les avant-postes; il faut mourir ou vaincre. Prince, montrez-vous à vos soldats; que votre présence les ranime... car, malgré leur courage, ils faiblissent déjà.

HIÉROCLÈS.

Oui, prince, sans retard, montrez-vous escorté de votre Sénat. (Avec un geste étonné.) Mais les sénateurs, où sont-ils?... Tout à l'heure, tous étaient ici. Que sont-ils devenus?

COEMIAS.

Partis, les lâches!... Tel est le sort des princes : à l'heure suprême, la solitude se fait autour d'eux ; leurs plus fervents adulateurs, que sont-ils? des courtisans pusillanimes... Sénateurs et conseillers... ceux-là s'enfuient les premiers quand le trône chancelle, et si nous succombons, mon fils, (Avec ironie.) ceux-là reviendront aussi les premiers saluer l'aurore d'un nouveau règne... (Avec exaltation.) Mon fils, je vais moi-même combattre à la tête des prétoriens: en voyant avec eux la mère de l'empereur, leur courage grandira, et bientôt, j'espère, je verrai fuir les insolents agresseurs... Hiéroclès, venez.

Cœmias sort avec Hiéroclès. Le bruit augmente, puis diminue par moment.)

SCÈNE VII

HÉLIOGABALE, seul et terrifié.

Quelles horribles clameurs!... et fuir est impossible! S'ils triomphent, c'est la mort pour moi. Oh! mourir, mourir si jeune! quelle affreuse pensée! Et toi, ville ingrate, quand j'aurai disparu, tu m'oublieras comme si jamais je n'avais été; tu seras radieuse et belle comme toujours... tu continueras tes chants, tes danses, tes festins joyeux... Oh! quelle souffrance!... ma tête s'égare... (Un instant de silence.) Et puis, comme le disait Marcia, si la mort est suivie d'un réveil... que répondrai-je à tant de victimes, à ces ombres plaintives qui, pour m'accuser, se dresseront devant moi? Si elles me redemandent leurs mères, leurs enfants, leurs filles, que répondrai-je? (Il jette autour de lui des regards d'effroi.) Oh! cette froide solitude m'épouvante! Seul, toujours seul! (Le bruit a cessé entièrement.) Loin de moi, pensées funèbres! je veux vivre, vivre encore... Mais, le bruit a cessé... mes soldats triomphent... (Écoutant de nouveau.) Non, aucun bruit, nulle clameur... Ah! je sens l'espérance renaître dans mon âme! Oh! sénateurs qui m'abandonnez, patriciens qui vous armez contre moi... demain, je me vengerai... (Écoutant de nouveau.) Non, plus rien... plus rien .. Merci, ma mère, vous avez sauvé votre fils!

(Arrive un Décurion.)

SCÈNE VIII

HÉLIOGABALE, LE DÉCURION.

HÉLIOGABALE, *allant vers lui.*

La victoire est à nous, nous avons triomphé!

LE DÉCURION.

Prince, à la vue de l'illustre Cœmias, vos soldats ont senti redoubler leur courage; sur tous les points l'émeute a été repoussée... grâce à d'héroïques efforts, nous l'avions crue anéantie... Déjà nous remerciions les dieux protecteurs; mais notre espérance s'est rapidement évanouie... De leur côté, les conspirateurs se relèvent; leur nombre s'accroît toujours... Écoutez... ils se rapprochent du palais... Ils combattent avec une énergie infatigable, et à leur tête, les animant du geste et de la voix, s'avance une vierge, qu'on dit être la fille de Probus.

HÉLIOGABALE.

Marcia!

LE DÉCURION.

En vain nos glaives ont essayé de la frapper... Comme Minerve, radieuse et terrible, il semble qu'elle soit invulnérable comme elle... Elle combat sans bouclier, et pas un javelot n'a pu l'atteindre... Les révoltés la suivent avec ivresse, exaltés par son regard, et partout se rouvrent un passage... A son approche, vos troupes se dispersent comme saisies d'un vertige d'épouvante.

(*Cris et clameurs plus distincts.*)

HÉLIOGABALE, *tremblant.*

Quoi!... une femme m'enlever la victoire!... Tout espoir serait-il perdu?... Ah! quelle affreuse nuit!

LE DÉCURION.

Prince, Cœmias, votre mère, m'a dit : « Porte cette bague à mon fils, il comprendra... si je ne reviens pas. »

HÉLIOGABALE.

Déjà !... du poison ou le glaive des vainqueurs, voilà tout ce qui me reste !... (Le Décurion va sortir.) Non, ne t'éloigne pas; l'isolement m'épouvante !... (Les clameurs du combat deviennent plus fortes.) Quel horrible tumulte !

LE DÉCURION.

Le palais est envahi sans doute, laissez-moi courir au combat... Tous vos défenseurs doivent être dans la mêlée.

HÉLIOGABALE.

Non, non, reste avec moi, j'ai peur... tu me protégeras !

(La bataille se rapproche. Cœmias arrive échevelée.)

SCÈNE IX

LES MÊMES, CŒMIAS.

CŒMIAS.

Mon fils, l'heure suprême est venue... plus d'espoir... tout est fini. Bientôt ils seront ici... Écoute... ils arrivent... les voilà.

HÉLIOGABALE, affaissé sur un siége.

Oh ! ma mère, vous n'avez donc pu sauver votre fils?... Au palais, n'est-il pas quelques sombres détours par où la fuite...

CŒMIAS, l'interrompant.

La fuite est impossible... il ne reste que la mort ! .. à toi le poison... à moi le glaive !... Ne servons pas de jouet à l'atrocité des vainqueurs !... En pénétrant ici, ils ne doivent trouver que deux cadavres !

(Elle se frappe et tombe.)

HÉLIOGABALE, *épouvanté.*

Ma mère!... oh! mourir!... non, non, ils m'épargneront!... Ah! déjà!... ce sont eux...

SCÈNE X

HÉLIOGABALE; LES VAINQUEURS, *à leur tête* MARCIA, *le glaive levé;* ALEXANDRE, VARIX, DÉLIUS, FOULE NOMBREUSE.

HÉLIOGABALE, *se détournant terrifié.*

C'est la vengeance de Probus!... (*Il tombe à genoux.*) Grâce!... pitié!... ne me frappez pas!...

CRIS NOMBREUX.

Pas de pitié!... pas de grâce!... la mort!... la mort!...

(*Tous veulent le frapper; Marcia se jette devant eux et les arrête du regard et du geste.*)

MARCIA.

Arrêtez!... l'infâme ne doit mourir que de la main d'une femme!

(*Elle le frappe; il pousse un cri et roule sur la scène.*)

CRIS NOMBREUX.

Aux Gémonies!... aux Gémonies!...

(*On le traîne hors de la scène.*)

MARCIA.

Dieu des chrétiens, ton œuvre est accomplie: Probus est vengé et Rome est libre... (*A un prisonnier.*) Toi, retourne dans tes forêts de Germanie, et dis aux guerriers de ton pays que Rome ne doit plus asservir aucun peuple... (*A un autre.*) Toi, va saluer les montagnes de Lusitanie pour y jeter enfin le cri de l'indépendance... (*A Varix.*) A toi, Varix, ta Gaule bien-aimée et les plages de ton Océan... et vous tous qui êtes étrangers à

Rome, allez, et dites à vos patries que les hommes sont égaux, que les peuples sont frères!... Allez, plus de guerres impies, la liberté pour tous!... paix au monde et gloire à Dieu!

UN ROMAIN.

Alexandre, à toi l'empire!

ALEXANDRE.

Non, l'empire est au peuple romain... lui seul en disposera... Au Forum, mes amis, au Forum!

PLUSIEURS VOIX.

Au Forum! au Forum!

FIN

PARIS. — IMPRIMERIE DE ÉDOUARD BLOT, RUE SAINT-LOUIS, 46
(Ancienne maison Dondey-Dupré.)

www.ingramcontent.com/pod-product-compliance
Ingram Content Group UK Ltd.
Pitfield, Milton Keynes, MK11 3LW, UK
UKHW020310220726
13923UKWH00003B/1053

9 782019 623012